Marion Solowski

RAUNACHT *TOD*

Ein Adventskrimi in 24 Teilen zum Aufschneiden

arsEdition

Marion Solowski wurde in Kärnten in eine internationale Familie hineingeboren. Sie studierte in Deutschland Rechts- und Übersetzungswissenschaften. Zu Beginn ihrer Berufslaufbahn arbeitete sie, um sich über Wasser zu halten, unter anderem als Reiseleiterin auf Flusskreuzfahrtschiffen und Reisebussen. Bald kamen Übersetzungs- und Dolmetschereinsätze für Polizei und Gericht. Heute arbeitet sie als Übersetzerin für Wirtschaftsrecht. Die Lust, Thriller zu schreiben, packte sie schon vor vielen Jahren; in ihren Storys ist die Spannung auf den Punkt gebracht.

RAUNACHT *TOD*

1

Über Nacht kam der Nebel. Als Fanny Busch, Wirtin im alten Wirtshaus oberhalb des Dorfs, alle Fenster des leeren Schankraums öffnete, drängte mit den Nebelschwaden die Erinnerung herein. Letztes Jahr und das Jahr zuvor war die Gaststube täglich schon zu Mittag voll gewesen. Dass hier in den letzten beiden Jahren zur Wintersonnenwende zwei Verbrechen geschehen waren, hatte der Beliebtheit nicht geschadet. In diesem Jahr schien sich das jedoch zu ändern. Je näher die Sonnenwende rückte, desto mehr Gäste blieben fern. Fanny hatte schon gedacht, sie hätte sich in dem Dorf nun etabliert. In ihrer Kindheit hatte die Familie wegziehen müssen. Vor zwei Jahren war Fanny mit dreißig allein zurückgekehrt. Verdrossen schürte sie den Kachelofen und räumte eine Handvoll benutzter Gläser zur Theke.

Wenn Fanny im Dorfladen einkaufte, waren alle freundlich zu ihr und plauderten über dies und das. Anders als die Jahre zuvor kam das Wirtshaus aber nie zur Sprache. Fanny traute sich nicht nachzuhaken, warum kaum noch wer zum Essen kam. Machten die zu dieser Jahreszeit geschehenen Verbrechen den Leuten Angst? Glaubten sie an diesen lächerlichen Fluch, dass das Wirtshaus den Menschen Schaden brachte?

Die unschönen Gedanken ließen sie beim Aufräumen innehalten. Sie streckte sich. Ein Espresso samt Zigarette tat not. Wo sie eh allein hier war, konnte sie auch drinnen rauchen. Doch was den Rauch anging, kam ihr der Kachelofen zuvor. Eine graue Wolke puffte in den Schankraum, als Fanny die Ofentür zum Nachlegen öffnete. Sie fluchte. Der verdammte Nebel drückte den Rauch in den Kamin zurück. Das schrie erst recht nach einem doppelten Espresso. Während sie den stark gesüßten schwarzen Kaffee schlürfte, ging die Wirtshaustür auf und ihre Köchin Ruth kam herein.

„Hey! Du bist heute aber früh dran! Ich rechne nicht vor halb eins mit Gästen. Und dann vermutlich nur ein paar Sonntagsausflügler, die sich verfahren haben. Ist also ehrlich gesagt noch nichts zu tun."

„Guten Morgen, Fanny." Ruth wirkte verlegen, als sie langsam zu Fannys Tisch herkam. „Du, es tut mir wirklich leid. Aber wie du ja gerade selber sagst, ist hier nix mehr los. Ich bin eigentlich nur zur Endabrechnung hier. Mein Mann meint, das ist gescheiter so."

Fanny verspürte einen Stich, nickte aber lächelnd. „Ja, ist wohl so. Gut, dann lass uns abrechnen."

„Ach Fanny, es tut mir wirklich leid."

„Passt schon. Ich dank dir für deine tolle Arbeit. Vielleicht sperre ich einfach über Weihnachten zu und mache im neuen Jahr mit einem neuen Konzept wieder auf."

Dann wusch Fanny schließlich die wenigen Gläser und fragte sich, ob das Wirtshaus wohl am Ende war. Die Wirtshaustür wurde aufgestoßen. Minnie, ihre dreibeinige Katze, flitzte mit einem Schwall Nebelluft herein, gefolgt von einem gut aussehenden Fremden, dessen Blick blitzschnell durch den Schankraum huschte. Er strahlte Fanny an.

„Hallo! Gibt's hier Kost und Logis?"

Fanny zögerte nicht. „Aber klar doch!"

★ 1. DEZEMBER ★

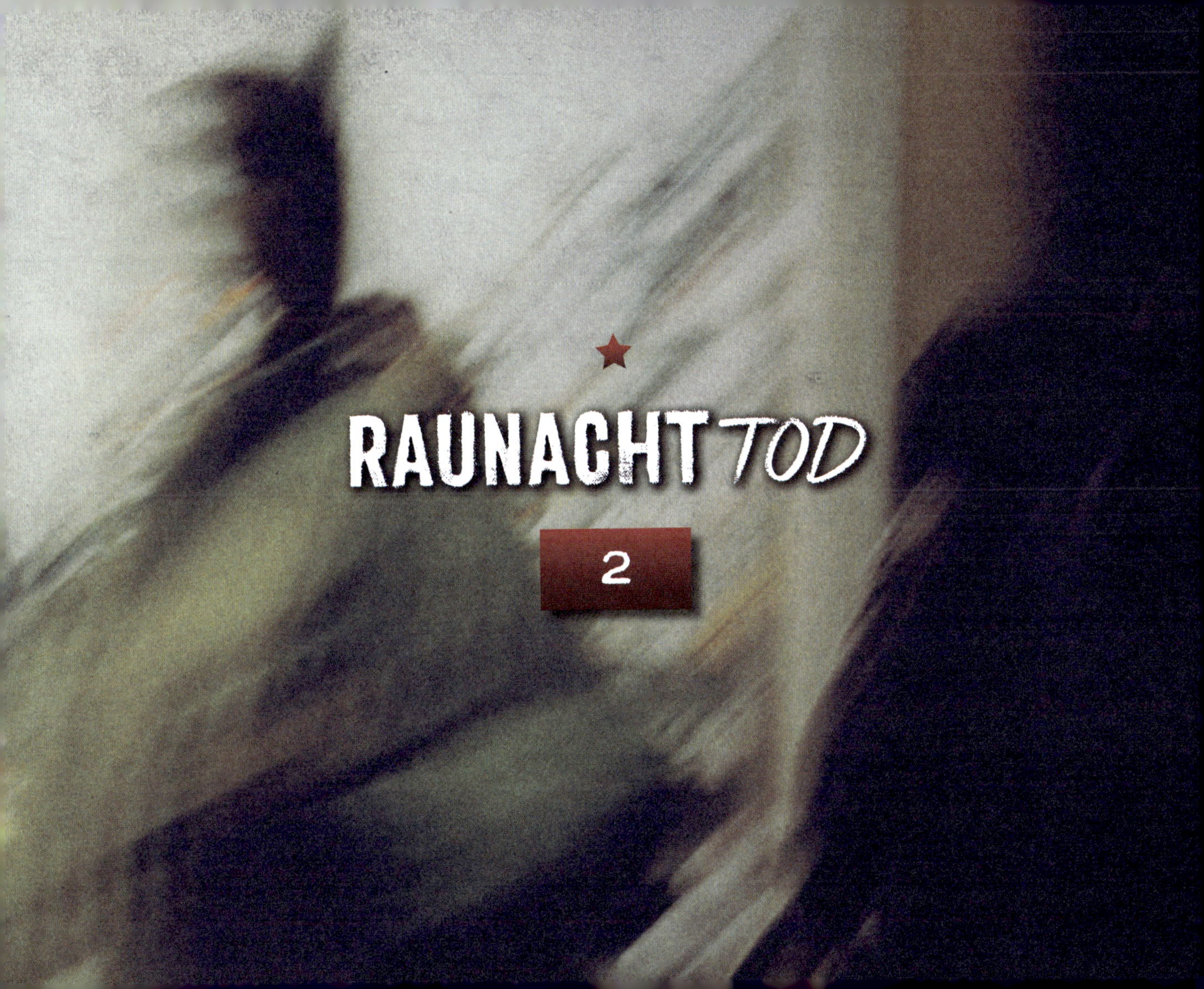

RAUNACHT TOD

2

Hildes Dorfladen war an jedem Tag geöffnet. Oft half ihr Marlies aus. Die beiden Frauen waren aus dem blutigen Vorfall im letzten Jahr nicht unversehrt hervorgegangen.

„Die dunkle Jahreszeit habe ich ja noch nie leiden mögen. Aber seit dem letzten Jahr finde ich sie noch schlimmer." Hilde nestelte ein paar minimal verrutschte Weihnachtssterne zurecht.

„Ja, das war wirklich schlimm. Aber schau, uns hat's nicht so arg erwischt wie den armen Emil." Hilde warf ihr einen Seitenblick zu. „Meinst du wirklich, dass du alles schon verwunden hast?" Die Ladenglocke bimmelte und ersparte Marlies die Antwort.

Als sie wieder allein waren, sprach Hilde weiter. „Hast du auch gehört, dass er sein Haus verkaufen und weggehen will?"

„Ja, hab ich. Das wird Fanny treffen. Ich glaube, sie setzt ihre Hoffnung auf ihn. Ruth kündigt heute bei ihr."

„Ist gescheiter so. Lange hält die Fanny finanziell eh nicht durch. Und dass der Emil wegwill – ich kann's verstehen. Wenn ich nicht so alt wäre …"

„Ach komm! Du bist hier geboren!"

„Was ist mit dir? Die Fanny hat dir das Wirtshaus doch vor der Nase weggeschnappt. Jetzt könntest du's bestimmt billig kriegen." Als Marlies schwieg, sprach Hilde weiter. „Na ja, ich würd's auch nicht wollen. Irgendwas ist schon dran an dem Fluch."

„Du meinst das Geschwätz um den verfluchten Keltenschatz?"

„Ganz genau. Ist noch nicht genug passiert?"

„Da gibt's keinen Fluch. Das ist Humbug!", dröhnte eine bekannte Stimme.

„Ja Emil! Guten Morgen! Ach, hör mal!", fiel Hilde wie immer mit der Tür ins Haus. „Stimmt es, dass du unser Dorf verlässt?"

„Die Fanny ist selber schuld, dass es so gekommen ist."

„Was? Wie meinst denn das?" Marlies schaute perplex.

„Ist doch klar. Sie hat die Raunächte belächelt, anstatt zu räuchern. Und gefrevelt." Er schnalzte mit der Zunge. „Sie hätte auf mich hören müssen."

Marlies zupfte ihre Schürze zurecht, während Hilde fast unmerklich die Lippen spitzte, als Fanny durch die Ladentür trat.

„Einen wunderschönen guten Morgen! Oh, hallo, Emil!"

In Emils Gesicht arbeitete es. „Guten Morgen. Jetzt habe ich vergessen, was ich kaufen wollte. Ich komm später noch mal."

Die drei Frauen sahen ihm hinterher. Marlies fing sich schneller als Hilde.

„Wie immer? Semmel, Breze und Quarktasche?"

„Nein, heute Großeinkauf."

„Ach was! Hast du Besuch?"

Fanny schmunzelte. „Mir hat's einen Dauergast ins Wirtshaus geweht."

„Der kommt zur rechten Zeit, gell."

„Schmarrn!" Hilde war direkt wie immer. „Der reißt das Ruder auch nicht mehr rum. Sperrst jetzt übern Winter zu? Oder was machst du?"

„Du magst mein Wirtshaus nicht, oder?"

„Ich bin nur realistisch, sonst nix."

Fanny spürte einen Stich und überspielte ihre Niedergeschlagenheit mit besonderer Fröhlichkeit. Marlies sah ihr besorgt hinterher.

RAUNACHT*TOD*

3

Zwei Abende später war der Schankraum unerwartet voll. Die Dörfler wollten Fannys Gast sehen. Aufgefallen war er, weil er ständig in Funktionskleidung und mit riesiger Kamera durch die Umgebung streifte. Nun saß Chris Sommer an einem Einzeltisch und war in seinen Laptop vertieft. Mit dem Vollbart und den längeren Haaren erinnerte er Fanny an die undurchsichtige Figur des Streicher in *Herr der Ringe*.

Der unerwartete Ansturm überforderte Fanny nur dank Marlies' Hilfe nicht. Denn Emil, der ihr sonst immer als Koch geholfen hatte, war trotz ihrer Bitte nicht erschienen. So gab es kalte Brotzeiten.

Die Stammtischbrüder, Fannys verbliebene Gäste, waren natürlich alle da. Leider gehörte auch Urban Hafner dazu.

Fanny mochte ihn nicht, und Marlies, deren Ex-Schwiegervater er nun endlich war, hatte eine regelrechte Abscheu gegen ihn. Er ließ keine Gelegenheit aus, ihnen zu zeigen, was er von ihnen hielt: nichts.

„Eine Eintagsfliege, dass es so voll ist heut", bemerkte Marlies, während sie Bier zapfte.

„Ach ja, jetzt hab ich ja den Gast."

„Mensch, Fanny, mach dir doch nix vor."

„Ich weiß. Trotzdem. Der bringt erst mal ein bissl Geld."

Marlies verzog den Mund, zapfte noch ein Bier für den Stammtisch und stellte es Fanny aufs Tablett. Routiniert brachte diese die Getränke zum Stammtisch und verteilte sie. Urban Hafner packte sie am Handgelenk, als sie ihm das Weißbier hinstellte.

„Wer is'n das da hinten?"

„Ein Gast. Und lass mich los!" Fanny rupfte ihre Hand aus seinem Griff.

„Rabiat, wie immer. Du weißt schon, was ich meine."

„Vorsicht, Urban Hafner." Fannys Augen blitzten.

„Wir werden schon sehen, wer am längeren Hebel sitzt." Hafner feixte. „Du glaubst, du kannst den Laden hier halten, gell. Vergiss es."

„Ein Flirt unserer Fanny! Das gefällt ihr", frotzelte ein Stammtischbruder und erntete Gelächter der übrigen.

„Die Fanny versteht mich schon", knurrte Hafner.

„Und du solltest mich auch verstehen!", fauchte sie.

Doch Hafner ließ nicht locker. Vor den Blicken aller marschierte er zum Tisch von Chris Sommer, der sofort seinen Laptop zuklappte.

„Du!" Hafner stach mit dem Zeigefinger in seine Richtung. „Wir hier mögen keine Fremden."

„Ja, natürlich." Chris Sommer lächelte Hafner an, als ob er einen alten Bekannten wiedertraf.

Da baute sich auch schon Fanny neben Hafner auf. Es wurde mäuschenstill im Schankraum „Urban, lass meinen Gast in Ruhe!"

Im selben Moment schwang die Wirtshaustür auf. Fannys dreibeinige Katze flitzte herein. Der kräftige Wind blies ihr Regen hinterher. Ihr folgte ein weiterer Fremder. In Urbans Gesicht zuckte es.

„So ein Sauwetter!" Ein korpulenter Mann im Lodenmantel schüttelte mit einer Hand seinen Regenschirm auf der Schwelle aus, in der anderen hielt er ein Smartphone. „Erstaunlich, dass es hier ein Wirtshaus gibt. Hat die Küche noch auf?" Mit langen Schritten kam er auf Fanny zu.

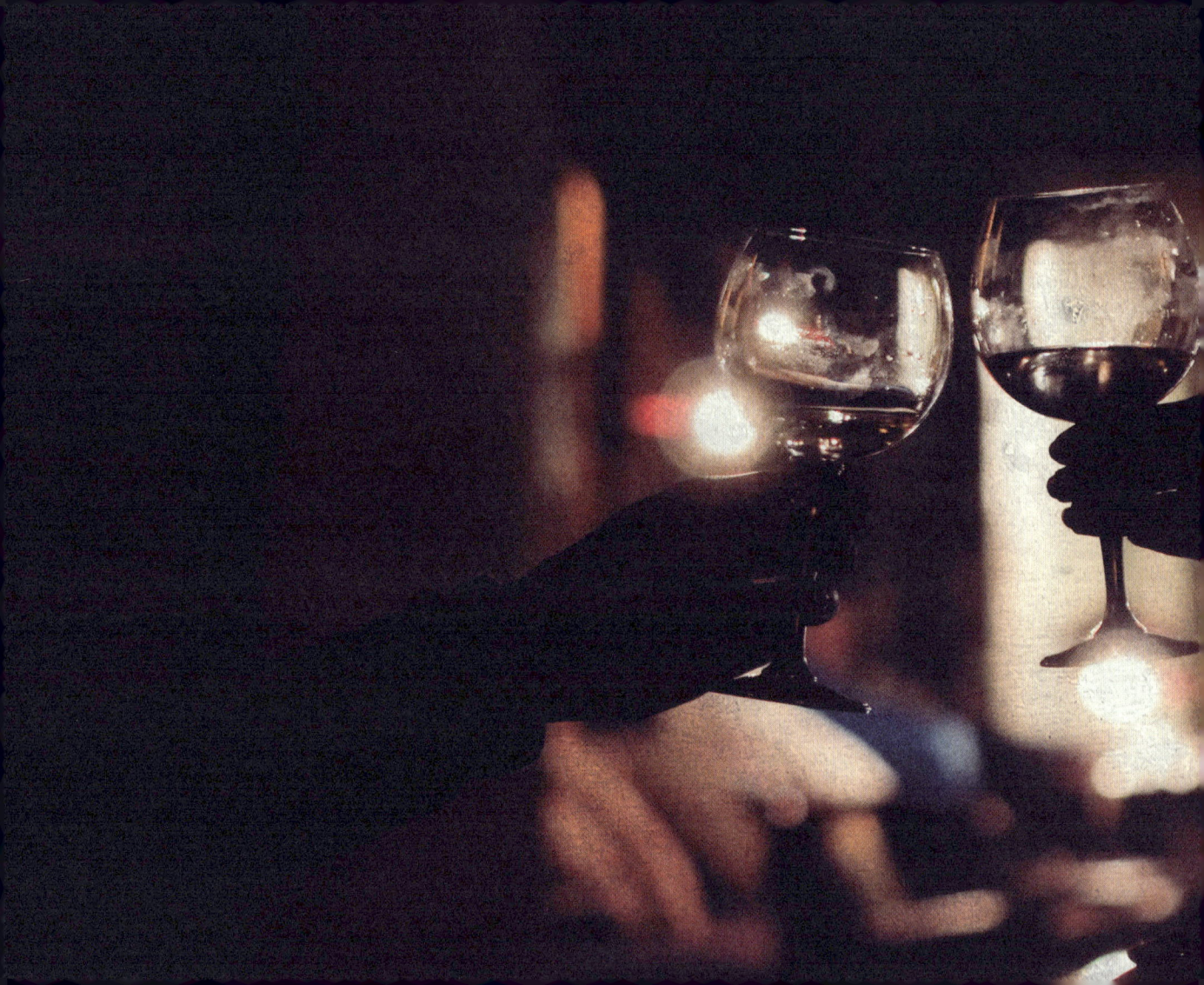

RAUNACHT *TOD*

4

Der starke Wind schwoll an zum Sturm. Die Gäste verließen nacheinander das Wirtshaus. Chris Sommer hatte Fanny eine gute Nacht gewünscht und sich zurückgezogen. Auch Marlies war weg. Unablässig pfiff der Sturm ums Gebäude, durch die Ritzen der alten Fenster und summte im Kamin. Man konnte die alten Eschen ächzen hören. Selbst das Licht in der Wirtsstube flackerte. Fanny saß mit dem kräftigen Mann am Tisch, dem sie rasch einen Leberkäs mit Ei und Kartoffelpüree gezaubert hatte. Hungrig schlang er das einfache Mahl hinunter.

„Wie alt ist der Kasten hier?", fragte er kauend.

„Och, ich glaube, Anfang zwanzigstes Jahrhundert."

„Über hundert Jahre. Renovierungsbedürftig. Schon was geplant?"

„Klar. Nächstes Jahr", log Fanny.

„Lohnt sich's?"

Sie schwieg.

„Ich möchte übernachten. Ist sicherer als jetzt auf der Straße." Draußen krachte ein Ast von einer der gebeutelten Eschen. „Uh. Vielleicht auch nicht. Diese Bäume müssen weg."

Fanny überlegte blitzschnell. Wenn sie das zweite Gästezimmer ein bisschen aufpeppte, sollte das klappen.

„Kein Problem. Der Preis", sie kalkulierte, „ist moderat. Fünfzig Euro mit Frühstück."

Sie lächelte den Mann an. So teuer, wie dessen Kleidung war, sollten das Peanuts für ihn sein.

„Fünfzig? Bei dem Standard?"

„Mit Frühstück!"

Er grinste. Seine Zähne waren amerikanisch weiß gebleicht. „Sagen wir fünfunddreißig. Ich bin übrigens Magnus Völkel."

„Vierzig." Fanny lächelte. „Soll ich Ihnen noch ein Bier zapfen?"

„Ein Glas Wein wäre mir lieber. Haben Sie was da?"

Fanny wollte schon verneinen, als ihr die Flaschen einfielen, die vom Gänseessen voriges Jahr übrig geblieben waren. „Aber sicher. Einen Châteauneuf-du-Pape."

„Den mag ich. Sie trinken doch mit." Er zwinkerte ihr zu.

Fanny ließ sich breitschlagen. Völkel öffnete die Flasche, schenkte beiden großzügig ein.

„Ich hätte gern ein Tafelwasser dazu."

Als Fanny mit dem Wasser wiederkehrte, rührte Völkel in ihrem Glas.

„Sie rühren meinen Wein um?"

Völkel stecke den Löffel ins eigene Glas. „Ja, dekantieren konnte er ja nicht."

„Das ist der Zuckerlöffel!"

„Ein Löffel halt." Er griff nach dem Weinglas, prostete Fanny zu und trank es aus. Fanny tat es ihm nach. Binnen Sekunden erschien ihr alles zäh wie Zuckerwatte.

„Der Laden läuft nicht gut, oder?"

„Leider nicht. Ist auch zwei mal was passiert hier", rutschte es ihr heraus.

„Ja, ja, hat mir Emil Ohrner erzählt. Frage: Verkaufen Sie mir den alten Kasten mit allem Drum und Dran?"

Fanny verschluckte sich. Emil hatte einfach alles ausgeplaudert! Und sie hängen lassen. Das tat weh.

„Ich verkaufe nicht." Ihre Zunge war schwer. „Bitte gehen Sie. Rechnung geht aufs Haus."

„Schon gut. Hier, meine Karte."

RAUNACHT *TOD*

5

Als Fanny am nächsten Morgen aufwachte, hatte sie mächtig Schädelweh. Völkel musste ihr Zucker in den Wein gerührt haben, um sie betrunken und unvorsichtig zu machen. Sie quälte sich aus dem Bett, löste eine Aspirin im Zahnputzbecher auf und kippte sie in einem Satz hinunter. Schlecht gelaunt ging sie in die Gaststube, um ihrem Gast das Frühstück zuzubereiten. Chris Sommer saß allerdings schon am Tresen vor einer dampfenden Tasse Kaffee. Um ihn herum war alles aufgeräumt. Minnie hatte sich auf einem Barstuhl zusammengerollt und schlief. Fanny sah auf die Uhr. Dreiviertel acht. Hitze stieg ihr ins Gesicht.

„Sie brauchen hier doch nicht meine Arbeit zu machen! Sorry, dass ich verschlafen habe."

„Kein Problem." Chris lächelte. Um seine hellen Augen breiteten sich Lachfältchen aus. „Darf ich Du sagen? Ich habe dir was mitgebracht."

Fanny wurde rot, als er auf Semmel, Breze und Quarktasche zeigte. Ihr Gast wusste auch sogar, was sie am liebsten frühstückte. Wollte er was von ihr?

„Warum machst du das?"

Wieder dieses Lächeln. „Mach dich locker. Ich war doch schon öfter hier."

Fanny kramte in ihrem Gedächtnis, konnte sich aber nicht erinnern. Chris redete weiter.

„Wie lief dein Gespräch gestern?"

„Was geht dich das an", schnappte Fanny und entschuldigte sich sogleich. „Kennst du den Mann denn?"

Chris' Lächeln blieb, doch er blickte weg. „Nein. Aber dass du verkatert bist, ist nicht zu übersehen."

Noch einmal stieg Fanny die Hitze ins Gesicht. „Suchst du was Bestimmtes? Die Leute fragen sich schon, warum du hier so geheimnisvoll herumstreifst."

Chris schmunzelte. „Ja, ja, die mögen keine Fremden. Aber du hast mich verteidigt."

Kurz dachte Fanny, er würde ihre Hand berühren, aber er nahm sich eine Breze.

„Ja logisch! Du bist mein Gast. Jetzt sag mir, wonach suchst du?"

Nun blitzten seine Augen. „Den Erdstall suche ich. Magst du mir helfen?"

„Erdstall? Das Wirtshaus hat einen Schuppen, aber keinen Stall."

Chris' Augen funkelten. „Ein Erdstall ist ein uraltes Bodendenkmal, weißt du. Ich bin Archäologe."

Fanny war nun wach. „Und der soll hier beim Wirtshaus sein?"

„Ja. Um genau zu sein: drunter."

„Was ist ein Erdstall überhaupt?"

„Vermutlich ein Leergrab aus der Zeit der Völkerwanderung vor tausendfünfhundert Jahren. Und allerlei Legenden ranken sich um solche Bauten."

„Wie ein Fluch oder so?"

„Ganz genau. Du weißt ja Bescheid!"

Fanny dachte an die Dorfbewohner. „Nein, ich weiß nicht Bescheid. Aber ich befürchte Denkmalschutz."

„Richtig."

„Shit!", entfuhr es Fanny.

Chris lehnte sich zu ihr, bis ihre Schultern sich berührten.

„Im Gegenteil. So was lässt sich vermarkten. Vielleicht machen wir's zu zweit?"

In Fanny keimte Hoffnung für das Wirtshaus auf. Sie nickte abwesend.

★ 5. DEZEMBER ★

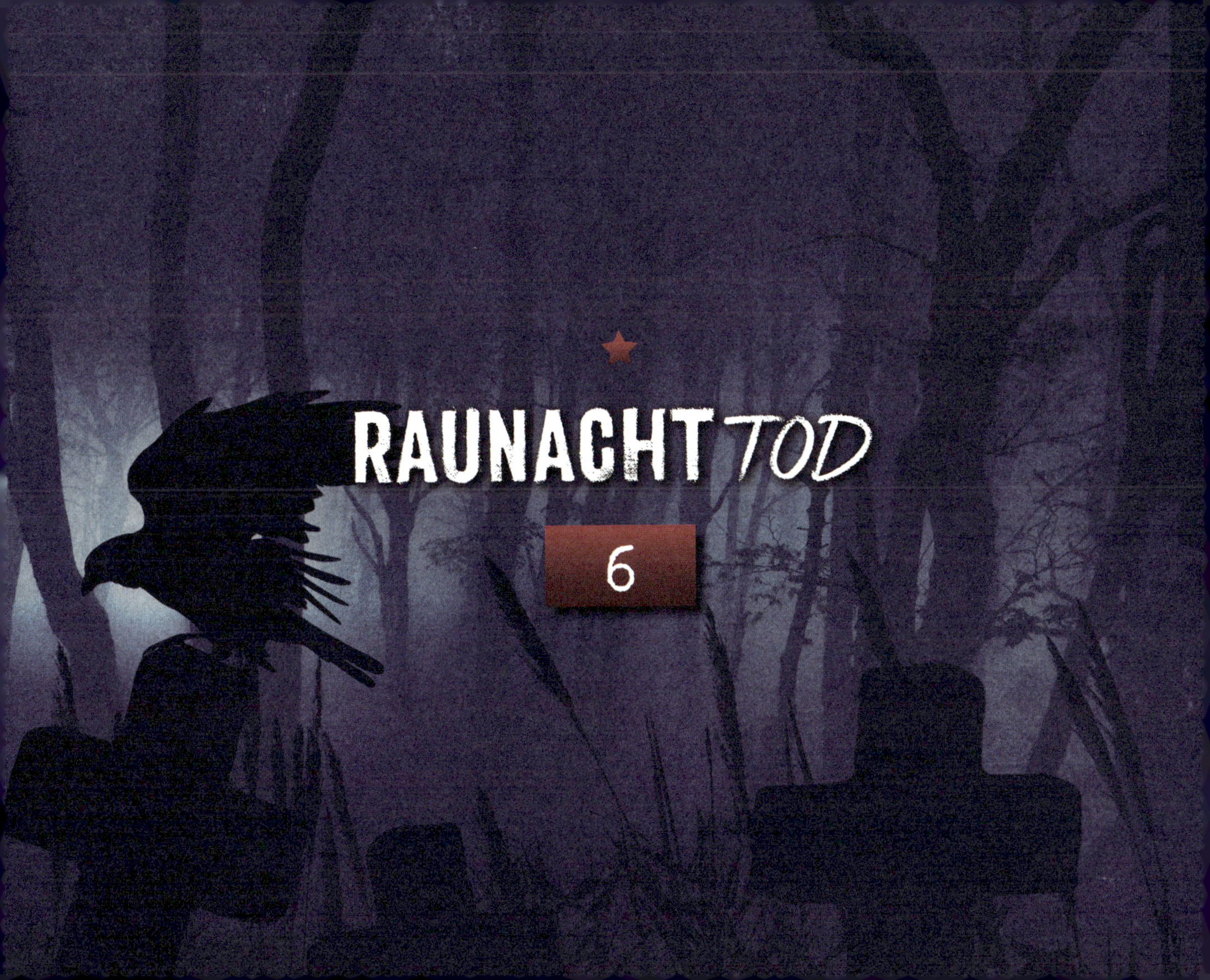
RAUNACHT TOD
6

Gleich nach dem Frühstück und einem langen Blick in Fannys Augen verließ Chris das Haus, ausgerüstet wie immer. Sie sah ihm nach. Es kribbelte in ihrem Bauch. Bestimmt war der Erdstall ein Glücksfall. Die Leute liebten altes Gemäuer, vor allem wenn es etwas Geheimnisvolles barg. Ein neues Konzept entstand in ihrem Kopf. Sie rief Hilde an.

„Fanny, das muss Gedankenübertragung sein! Grad wollte ich dich anrufen. Wegen dem Wirtshaus."

„Echt?" Fanny lachte. „Und ich wollte dich deswegen auch was fragen. Also wegen dem Erdstall. Weißt du was davon? Du bist doch so richtig von hier."

Sie hörte Hilde schnaufen. „Was ist ein Erdstall?"

„Ein Grab unterm Wirtshaus. Ein leeres, um genau zu sein, mehr als tausend Jahre alt. Weißt du da was?"

„Nein." Hilde klang barsch wie immer, wenn ihr was gegen den Strich ging.

„Aber da muss es doch Aufzeichnungen geben, oder? Soll ich bei der Gemeinde fragen?"

„Bloß nicht! Die halten das für Aberglauben."

„Das Grab soll Aberglauben sein?"

„Nein. Der Fluch. Aber den gibt's."

„Du weißt ja doch was!"

„Denk an die Raunächte, Fanny!"

„Aber der Fluch ist Humbug. Sagt der Emil ja auch."

„Gib das Wirtshaus auf."

„Nein. Das ist meine Chance! Das Wirtshaus mit dem Erdstall!"

„Das ist der Fluch! Und jetzt hör zu. Unter einer Bedingung sage ich's dir."

Fanny unterdrückte ein Stöhnen. „Bedingung?"

„Ja. Du musst das Wirtshaus aufgeben. Denk an die Toten!"

Einige Augenblicke lang hörte Fanny nur Hildes Schnaufen. Oje, dachte sie. Hilde hat sich gar nicht erholt. Aber Fanny musste ihre Geschichte hören.

„Ja, kann sein, dass ich verkaufen muss."

„Versprich's!"

„Ich versprech's." Zur Sicherheit kreuzte sie den Zeigefinger über den Mittelfinger. Das Wirtshaus war die Lüge wert.

„Hör zu", flüsterte Hilde, „das ist ein Ort mit ganz schlechter Energie. Angeblich gibt's einen verfluchten Goldschatz dort. Sind schon viele umgekommen." Hilde machte eine bedeutungsschwere Pause. „Weil sie ihn finden wollten."

„Aber Hilde, letztes Jahr ..." Sie verstummte. Zwar war niemand gestorben, aber ein schlimmes Verbrechen geschehen, zu dessen Opfern auch Hilde zählte.

„Pah!", kam es durchs Telefon. „Wenn du hier weitermachst, müssen wieder wir alle büßen. Ich warne dich!" Grußlos legte Hilde auf.

Fanny rieb sich das Gesicht, als ihr ein unschöner Gedanke kam. Urban Hafner. Er hatte Hilde gegen sie aufgehetzt. Den musste sie mundtot machen. Das Wörtchen Goldschatz aber nistete sich in ihrem Gedächtnis ein.

RAUNACHT *TOD*

7

Am nächsten Morgen kam Fanny mühelos früh aus dem Bett. Gut gelaunt deckte sie einen Tisch im Schankraum. Dann fuhr sie zu Hildes Laden. Marlies grinste, als sie sie erblickte.

„Hey! Dein Gast bringt dir gute Laune, was?"

„Warum auch nicht!" Fanny lachte.

Hilde sah sie nicht an. „Geh! Die paar Euro machen dein Konto wirklich nicht wieder fett, liebe Fanny. Lass dir das mal von einer alten Geschäftsfrau gesagt sein."

„Ach Hilde, da geht's jetzt nicht ums Geld." Marlies kicherte.

Hilde stutzte, schlug sich vor den Kopf. „Natürlich – Hormone!"

Marlies lachte, Hilde nicht.

Fanny schüttelte grinsend den Kopf. „Ihr mit euren Spekulationen."

Marlies wollte noch etwas sagen, doch Hilde fiel ihr ins Wort.

„Wo du doch das Wirtshaus zumachst und Emil weggeht: Wie wär's mit einem letzten Essen? Ich könnt's allen sagen. Dann hätten die zwei schlimmen Jahre zumindest einen guten Abschluss."

„Wollen wir's als Abschiedsessen für Emil bezeichnen?" Marlies Stirn lag in Falten.

Fanny presste die Lippen aufeinander. Unglaublich, wie sehr Urban sie aufgehetzt hatte. „Und du meinst, da kommt wer? Wo sie doch immer über den Emil hergezogen sind?"

„Die kommen! Du lädst sie einfach alle ein als Dank." Hilde setzte doch glatt noch einen drauf.

„Ganz sicher tu ich das nicht", schnappte Fanny. „Woher soll ich denn die Kohle nehmen?"

„Ach Fanny, wir kriegen das hin!", beschwichtigte Marlies. „Wir drei hier legen einfach zusammen."

Hilde zuckte die Schultern. „Meinetwegen. Für den guten Zweck."

Fanny atmete aus. Na ja. Ein Abschiedsessen hatte Emil wohl verdient. Und außerdem würde sie es als Anknüpfungspunkt für ihr neues Wirtshauskonzept nutzen.

***

★ 7. DEZEMBER ★

Als es so weit war, füllten die Gäste das Wirtshaus bis zum letzten Platz. Es gab deftige Hausmanns-kost. Auch die Vegetarier wurden nicht vergessen. Dazu ging ein Getränk aufs Haus. Nur Emil hatte alles frei. Die Stimmung war so gelöst, wie man sich's nur wünschen konnte. Bald ist's wieder immer so, dachte Fanny. Obwohl auch Urban da war, der immer wieder komisch zu ihr hersah.

Zu fortgeschrittener Stunde stand plötzlich Magnus Völkel im Wirtshaus, sichtlich überrascht, es so voll zu sehen.

„Na schau, heut brummt der Laden!", sagte er zu Fanny.

„Oh, Herr Völkel! In der Tat. Und geschlossene Gesellschaft."

Emil, leicht beschwipst, rief durch den Schankraum. „Das ist eine Party für mich! Setzen Sie sich doch dazu, Herr Völkel! Das geht auf mich!"

Alle Augen ruhten auf Emil, als Urban Hafners Stimme ertönte. „Fanny hält heut alle frei. Aus Freude, dass Emil endlich geht. Und weil sie zusperrt. Keine Raunacht-Partys mehr, haha."

„Halt doch du dein dummes Maul!", brauste Fanny auf. „Sonst stopf ich's dir!"

Totenstille folgte.

RAUNACHT *TOD*

8

Binnen weniger Minuten stand Fanny allein im Wirtshaus. Auch Chris war verschwunden, ohne sich zu verabschieden. Sie haderte mit ihrem Temperament. Zerstörte sie gerade alles selbst? Die Stille wollte sie erdrücken. Um diese zu vertreiben, streamte sie Musik. ABBA. *Money, Money, Money.* Geld regierte alles. Wenn erst der Urban seinen Mund hielt, würden die Leute auch wieder kommen. Besonders mit dem neuen Konzept dank Erdstall würde ihr Wirtshaus außerdem für die Städter interessant werden. Aufgeben gab es nicht. Ob der Völkel auch auf viel Umsatz mit dem geheimnisvollen Erdstall spekulierte und deshalb kaufen wollte?

Ein Knall zerriss ihren Gedankenstrom. Schoss wer? Ein Stück hinterm Wirtshaus lag zwar ein Wald. Aber Jagd in der Nacht? Dann krachte es ganz nah und erschreckte Fanny. Vor dem Fenster tanzte ein Licht. Sie hörte rhythmische Schläge. Ihre Augen wurden schmal. Was war das? Hoffentlich nicht Emil, dem wieder was Sonderbares eingefallen war. Da sprang das Hoflicht an. Fanny erwartete, dass die Wirtshaustür gleich aufgehen würde. Aber nichts geschah. Hatte die Katze einen der Bewegungsmelder ausgelöst? Das Hoflicht erlosch. Und wieder tanzten bei den Bäumen Lichter. Handytaschenlampen? Fanny war irritiert. Sie spähte durch die Wirtshaustür. Die Luft war kalt und rauchig. Sie trat hinaus, meinte Schritte zu hören und lauschte angestrengt. Die alten Eschen standen wie stumme Skelette, bleich erhellt durch das Licht aus der Wirtsstube. Nichts geschah.

„Minnie?", rief Fanny. Hörte sie ein leises Maunzen? Sie horchte. Nichts. Schwarze Stille außerhalb des Lichtkegels, in dem ihr eigener Schatten überlebensgroß auf dem Parkplatz lag. In dem Moment prasselte etwas an die Holzwand des Wirtshausschuppens. Sofort lief sie die drei Stufen hinunter und lugte um die Ecke.

„Hallo?" Nichts. Sie äugte angestrengt in die Dunkelheit, lief sogar zum Schuppen, rief weiter nach Minnie. Dann kehrte sie um – und erschrak. Auf der Treppe stand ein einzelner Nikolausstiefel. Der zweite lag auf dem Parkplatzkies. Aus ihm ragte ein Kreuz. Fanny schauderte. Die Luft schmeckte nach süßlichem Zigarillorauch. Sie flüchtete ins Wirtshaus und verriegelte die Tür. „Verdammt!", entfuhr es ihr, als sie die halb offene Hintertür sah. War doch jemand ins Haus gekommen?

Mit einem Satz sprang sie in die Wirtshausküche und packte ein Fleischmesser. Hinter jeder Ecke könnte ihr wer auflauern.

„He!", brüllte sie, so laut sie konnte. „Zeig dich, Feigling!" Niemand zeigte sich. Sie stürmte zur Hintertür und verriegelte auch diese. Jetzt hatte sie Angst. Wo kamen die verdammten Stiefel her? Wer rieb ihr den furchtbaren Mord von vor zwei Jahren unter die Nase? Hilde? Fanny wurde eiskalt, als sie daran dachte, wie damals die geplante Raunachtsfeier samt Weihnachtsmann zum tödlichen Fiasko und fast zum Aus des Wirtshauses geworden war. Sie war nun sicher, dass Urban Hafner sie verjagen wollte. Das würde ihm nicht gelingen.

★ 8. DEZEMBER ★

RAUNACHT *TOD*

9

Nach einer Nacht voller Alpträume stand Fanny wie gerädert auf und schürte das Kaminfeuer. Sie filterte frischen Kaffee in ihre Lieblingstasse und rief Marlies an.

„Du rufst sehr früh an", gähnte die ins Telefon. „Ist hoffentlich nix passiert? Du hast gestern ja mächtig Gas gegeben."

„Ja, das war blöd. Und es ist was passiert. Gestern hat mir wer zwei Nikolausstiefel vor die Tür gestellt." Fanny spürte förmlich, wie Marlies auffuhr.

„Echt jetzt? Genau die Nikolausstiefel?"

„Keine Ahnung. Nikolausstiefel eben. Und ein Totenkreuz."

„Meine Güte. Was soll denn der Schmarrn?"

„Ist Constantin da?"

„Leider nicht. Der ist auf einem Kongress. Aber ich sag's ihm. Soll ich vorbeikommen?"

„Das wäre lieb."

„Na klar. Ich bring auch Gebäck mit."

Fanny fühlte sich sofort besser und brühte eine ganze Kanne Kaffee auf. Kaum hatte sie für beide gedeckt, surrte auch schon Marlies' E-Auto auf den Parkplatz. Sie stieg mit einer Papiertüte im Arm aus dem Wagen, wobei sie sich umsah. Und auch Fanny sah durchs Fenster, das nicht mehr da war.

Sie riss die Tür auf.

„Hast du die Stiefel mit reingenommen?"

Fanny schüttelte den Kopf. Marlies sah sie prüfend an.

„Ehrlich, ich hab mir das nicht eingebildet."

„Passt schon, meine Liebe. Jetzt frühstücken wir erst mal."

Doch ein Gespräch wollte nicht recht in Gang kommen.

„Stimmt was nicht, Marlies? Ich weiß schon, mein Temperament. Aber glaub mir, das kriege ich in den Griff. Du glaubst mir doch?"

Marlies presste die Lippen zusammen und atmete tief ein. Dann sah sie Fanny ins Gesicht.

★ 9. DEZEMBER ★

„Im Dorf reden sie wieder über dich. Ja, der Urban macht dich schlecht. Sagt, dass es gut wäre, wenn du wieder verschwinden würdest. Aber auch du trägst mit deinen Wutausbrüchen zum Gerede bei."

„Dieser Dreckskerl! Der soll sich trauen, sich mit mir anzulegen!"

„Fanny! Ruhig bleiben. Und unterschätz ihn nicht. Der ist ein gerissener Hund. Er kennt jeden hier in der Gemeinde. Ihn zum Feind zu haben, ist nicht lustig. Ich weiß, wovon ich rede."

„Stimmt. Er hat Hilde gegen mich aufgehetzt."

„Die? Bestimmt nicht. Hilde ist ein anständiger Mensch."

„Hat er aber. Hilde hat mir doch gesagt, dass ich gehen soll. Ich sag nur Abschiedsessen."

Marlies runzelte die Stirn. „Für Emil, ja."

„Egal. Du und ich, wir müssen auf jeden Fall zusammenhalten gegen den. Wenn er Ruhe gibt, haben auch wir unsere Ruhe. Für immer."

Marlies nagte an ihrer Unterlippe. „Du hast gestern keine Sympathien gewonnen. Wie willst du ihn denn ruhig kriegen?"

„Ich bin sicher, dass er den Immobilienmakler auf mich angesetzt hat. Und auf den Emil. Das werde ich beweisen und ihn vor allen bloßstellen. Als jemanden, der Investoren anlockt. Die Dorfgemeinschaft mag das nicht. Dann ist er erledigt. Wie sein Sohn."

„Ich sag's noch mal: Unterschätz den nicht!"

Fanny wollte gerade wieder aufbrausen, als etwas die Fenster zum Parkplatz verdunkelte. Keine Sekunde später splitterten die Scheiben und es regnete Glasscherben und Holzsplitter in den Schankraum. Ein Eschenast ragte durch das zerborstene Fenster.

„Mein Gott!", schrie Marlies. „Bloß raus hier!"

★ 9. DEZEMBER ★

RAUNACHT *TOD*

10

Das hat doch gut geklappt! Wie die Hasen sind sie rausgerannt. Jetzt können wir rein ins Haus, weil, abgesperrt haben die ja nicht."

Glut glomm im trüben Tageslicht. Süßlicher Zigarillorauch breitete sich aus. „Der Fallwinkel war falsch, hab ich dir doch gesagt, du Tölpel!"

„Nein, der war genau richtig! Rums, rein in die Stube! Und wir haben freie Bahn ins Gasthaus. Da gibt's auch bestimmt was zu essen."

Die Hand mit dem Zigarillo zwischen Zeige- und Mittelfinger klatschte auf einen bemützten Hinterkopf. „Dann ist ja klar, wer hierbleibt und den Rest macht – nämlich du!"

„Jetzt wart mal!"

„Und tschüss."

Das Zigarillo fiel zu Boden, wurde von derben Stiefeln ausgetreten, die sich dann raschen Schrittes Richtung Wald entfernten.

***

Die Feuerwehr war als Erste da. Ihr folgte ein Gutachter vom Forstamt, der prüfte, ob alle Eschen eine Gefahr für Leib und Leben waren. Dabei umrundete er telefonierend die Abbruchstelle der umgestürzten Esche. Während die Feuerwehr den schweren Ast aus der Gaststube zog, wobei ein Fensterstock zu Bruch ging, fuhr ein Polizeiwagen auf den Parkplatz, dem zwei uniformierte Polizistinnen entstiegen. Eine davon kannte Fanny schon. Unwillkürlich verzog sie das Gesicht. Diese steuerte, gefolgt von der Kollegin, auch direkt auf sie zu.

„Guten Morgen, Frau Busch", grüßte sie mit ihrer Kleinmädchenstimme. „Wir haben da ein paar Fragen an Sie."

Fanny stand Rede und Antwort. Sie schilderte, wie der Baum aus heiterem Himmel umgefallen war, und nannte Marlies als Zeugin.

Sie habe nie beabsichtigt, den Baum zu fällen, und sich nicht daran zu schaffen gemacht.

„Es sind aber Spuren da, dass jemand den Baum destabilisiert hat", klinkte sich die zweite Polizistin ein.

„Ich war's nicht. Aber ich kann mir vorstellen, wer das war."

„Sie verdächtigen jemanden?"

„Allerdings, und zwar Herrn Urban Hafner."

„Der Name Hafner sagt mir was", murmelte die piepsstimmige Polizistin. „Und Sie sind sicher, dass er das war?"

„Sehr sicher. Er hat es auf mich abgesehen. Wegen der Sache vor zwei Jahren."

„Jetzt erinnere ich mich. Der Raunachtmord", sagte sie zur Kollegin gewandt.

„Ach ja. Sagen Sie", fuhr die zweite Polizistin fort, „es heißt, Sie seien insolvent. Haben Sie eine Versicherung für Schadensfälle wie diesen?"

„Natürlich."

„Eins ist Ihnen klar, oder? Sollte das hier ein Versicherungsbetrug werden, schaut's mau aus für Sie."

„Warum bin eigentlich immer ich der Sündenbock, verdammt noch mal!"

„Wir orientieren uns an Augenschein und Fakten, heißt: Der Baum wurde manipuliert und Ihnen steht das Wasser finanziell bis zum Hals."

In dem Moment rollte ein riesiges E-SUV in den Hof. Magnus Völkel stieg aus und schaute mit hochgezogenen Brauen aufs Wirtshaus.

„Autsch, das sieht ja bös aus!"

„Sind Sie zum Gaffen aus der Stadt gekommen?", fauchte Fanny.

„Aber wo. Haben Sie über mein Angebot nachgedacht?"

Die Polizistin mit der Kinderstimme ging dazwischen und bat Völkel wegzufahren. Der nickte übertrieben höflich und stieg ins Auto.

„Frau Busch, vergessen Sie mein Angebot nicht!"

RAUNACHT *TOD*

11

Urban Hafner spähte von seinem Hochsitz aus durchs Fernglas auf das Geschehen vorm Wirtshaus und feixte. Dieses arrogante Weib bekam endlich sein Fett weg. Sie hatte das Leben seines Sohnes ruiniert. Hier kam die Gerechtigkeit des Universums. Wer weiß, vielleicht hatte der Dorfnarr Emil doch Recht mit seiner Raunachtsfantasie. Oder rächte sich sogar an ihr, denn auch er hatte sich schon über diese Hexe beklagt. Urban freute sich darauf, die Geschichte weiterzuerzählen.

Er hatte aber noch mehr gesehen und hoffte innigst, dass die beiden Kerle, die er den Baum hatte bearbeiten sehen, Fanny so richtig ins Schlamassel ritten. Ein plötzlicher Gedanke kam ihm und er drehte und wendete diesen in seinem Kopf. Er hatte zwar kein Handyfoto gemacht. Anders als die Jungen dachte er an so was nicht. Aber dank Fernglas kannte er die Gesichter der zwei Kerle. Das könnte Geld wert sein. Er starrte weiter durchs Fernglas, registrierte aber gar nicht mehr richtig, was er sah. Das war's – sein Wissen würde er sich vergolden lassen und die finanzielle Zwangslage beenden. Schließlich schmerzten seine Schultern wegen der Kälte und starren Haltung. Er packte das Fernglas weg und begann, steifbeinig vom Hochsitz zu klettern. Die Stimme kam aus dem Nichts.

„Ja, ein Herr Jägermeister mit Fernrohr. Was glotzen wir denn hier?"

Urban erschrak so sehr, dass er abrutschte und fiel.

★ 11. DEZEMBER ★

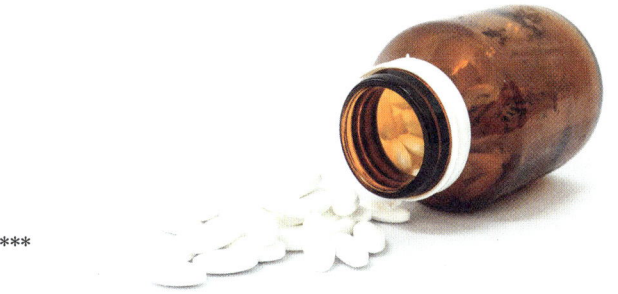

***

Noch während Feuerwehr, Gutachter und Polizei vor Ort waren, kamen Schaulustige aus dem Dorf. Einige bekundeten Fanny ihr Mitgefühl, manche musterten sie von der Seite, andere tuschelten. Verstohlen wurde fotografiert. Fanny bemühte sich, entspannt zu wirken, während man Marlies die Anspannung deutlich anmerkte. Heimlich hielt Fanny nach Urban Hafner Ausschau, konnte ihn aber in der Menge nirgendwo entdecken. Das passte zu ihrem Verdacht, und genau das würde sie so zu Protokoll geben.

An diesem Abend verriegelte sie sorgfältig alle Türen und ließ nur das kleine Flurfenster für die Katze angelehnt. Sie schrieb Chris in einer Nachricht, was geschehen war, und ging mit einer Schlaftablette intus früh ins Bett. Klägliches Miauen und kleine Tatzenhiebe ins Gesicht weckten sie. Desorientiert nahm sie ihre sich sträubende Katze auf den Arm und ging nach unten. Sie roch Rauch. Flammen flackerten im Schankraum. Sofort begriff sie, dass dies nicht der Kachelofen war. Dann sah sie Urban Hafner mit sonderbar verdrehtem Hals zwischen Schankraum und Toilettenkorridor liegen. Entsetzt rannte sie zurück nach oben, verlor die Katze auf dem Weg und wählte hektisch Constantins Nummer. Die Mailbox antwortete. Kein Wunder, zwei Uhr nachts. Zitternd und fluchend wählte sie Marlies' Nummer und lauschte auch da der Mailbox. Panik übermannte sie. Von unten schrie die Katze. Rauchgeruch drang bis ins Schlafzimmer.

„Fanny!", brüllte plötzlich Emils Stimme. „Bist du noch da oben?"

Aus der Angststarre gerissen, rannte sie zurück nach unten. „Der Urban! Er liegt im Hausgang. Wir müssen ihn da rausholen!"

„Da ist niemand! Beeil dich! Hier brennt schon alles!"

RAUNACHT *TOD*

12

Das Wirtshaus konnte die Feuerwehr nicht mehr retten. Als geschwärzte Ruine stand es da und stierte wie mit leeren Augenhöhlen ins Nichts. Flatterband versperrte den Zutritt und es gab Schilder, auf denen *Betreten verboten! Einsturzgefahr!* stand. Nur der Schuppen war unversehrt. Der aber nutzte Fanny nichts, denn sie hatte alles Hab und Gut verloren.

Ungewaschen und mit wirren Haaren hockte sie in Hildes Wohnküche, vor sich köstliche Elisenlebkuchen, von Marlies selbst gebacken. Doch die ließ sie unberührt und zündete sich eine Zigarette an. Die Vintage-Küchenuhr zeigte sechs Uhr früh.

„Mensch Fanny, du kannst doch hier nicht rauchen!", sagte Marlies ehrlich irritiert.

„Lass sie, passt schon", brummte Hilde unerwartet großzügig. „'s ist alles, was sie noch hat."

Fanny inhalierte tief und stieß den Rauch durch Mund und Nase aus. Ihre Haut war fahl, um die Augen prangten dunkle Ringe.

„Verfluchtes Wirtshaus."

„Schimpfen hilft auch nix." Marlies streichelte ihren Arm.

„Das Wirtshaus ist verflucht, das mein ich."

Hilde nickte kaum merklich. „Da hat sie wohl recht."

„Blödsinn!" Marlies schüttelte vehement den Kopf. „Das ist alles nur Gerede."

„Nein, nein. Hilde hat schon recht. Chris, ihr wisst schon, der ist genau deswegen hier."

„Wegen dem Fluch? Spinnt der?"

Marlies hatte zwei steile Falten zwischen den Brauen.

Fanny schnalzte ungeduldig mit der Zunge. „Nein. Er ist Archäologe und sucht den Erdstall, der irgendwo beim Wirtshaus sein muss."

„Den was?"

„Erdstall."

„Sie meint's Schrazelloch. Von dem hat dir dein Onkel doch erzählt, oder?"

Marlies dachte nach. „Ja, stimmt. Als wir Kinder waren, durften wir nie in den Schuppen. Angeblich gab's giftige Mäuse dort. Spitzmäuse."

Humorlos lachte Fanny auf. „Giftige Mäuse! Ein Dorf voller Aberglauben!" Ihr Blick traf Hildes finstere Miene.

„Nix Aberglaube! Was hab ich dir gesagt? Was hast du mir versprochen?"

Marlies schaute verständnislos von Fanny zu Hilde. „Was?"

„Nicht so wichtig", sagten Hilde und Fanny wie aus einem Mund und nach einigen Minuten betretenen Schweigens fragte Fanny: „Habt ihr eigentlich den Urban gesehen?"

„Ausgerechnet den vermisst du?"

Fanny rang mit sich. „Also, als Minnie mich wegen dem Feuer geweckt hat und ich runtergelaufen bin, lag er verrenkt vor den Toiletten."

„Was?", riefen Marlies und Hilde entsetzt.

„Was hast du mit ihm gemacht?", fragte Hilde.

„Nix! Und dann war auch schon der Emil da und hat mich aus dem Haus gezerrt. Ich hab ihm gesagt, wir müssen den Urban mitnehmen, aber er hat gesagt, da ist keiner."

Marlies und Hilde sahen sich an.

„Ich muss herausfinden, was da los ist. Helft ihr mir?"

„Nein", blaffte Hilde.

„Ja", sagte Marlies.

RAUNACHT *TOD*

13

*D*u Vollpfosten! Wie haste denn das jetzt angestellt?"
„Ich hab gar nichts angestellt! Du warst das doch!"
„Mann ey, worauf hab ich mich nur eingelassen. Allein hätte ich's machen sollen."
„Haha – du hast doch zwei linke Hände. Hör auf zu meckern."
„Wieso hast du ihn nicht in den Schuppen gelegt, so wie ich dir's gesagt habe?"
„Selber Vollpfosten. Damit er uns verpfeift?"
„Du bist so dumm. Der konnte nicht mal mehr piepsen. Und deswegen musste er in den Schuppen. Damit der andere kapiert, mit wem er's zu tun hat."
„Der andere, pah. Ohne mich wüsstest du gar nix von dem anderen."
„Ich hätte dich drin lassen sollen. Mitsamt deinen fünfzehn aufgebrummten Jahren!"
„Drei, du Trottel! Und du bist auch nicht besser."
„Sei endlich still und tu, was zu tun ist!"
„Jetzt mach dir nicht ins weiße Hemd. Von dem Alten mit dem Fernglas ist nicht mal mehr Asche da."
„Dummschwätzer. Ich gehe jetzt."
„Stopp! Ich komm mit!"
Ein dumpfes Ploppen folgte. Zwei Krähen flogen auf.

***

Fanny und Marlies waren in deren Auto zu den Überresten des Wirtshauses gefahren.
Eine eingehende Nachricht erschreckte Fanny. „Oh, das ist Chris! Wie soll ich ihm sagen, dass sein teures Zeug jetzt verbrannt ist?"
„Du bist doch versichert. Mach dir keine Sorgen."
„Er wollte mir mit dem Erdstall helfen, diesen als Besonderheit zu vermarkten. Historisches Wirtshaus, weißt du. Und jetzt ist alles weg."

„Falls es den Erdstall gibt, wird er unterm Schuppen sein. Deswegen hat uns mein Onkel nicht dort spielen lassen."

Fanny und Marlies umrundeten die Ruine. Sie stank nach Rauch und Ruß.

„Minnie!", rief Fanny und Marlies tat es ihr gleich.

Statt Minnie tauchte Emil auf.

„Hast du dich erholt?", fragte er Fanny.

Die schnaubte. „Erholt? Schau dir das hier doch an! Ich bin erledigt."

„Bist du nicht. Weil du lebst. Weil ich dein Leben gerettet habe."

Fanny musterte ihn. Das Verbrechen im Jahr zuvor hatte ihn sein linkes Ohrläppchen gekostet, was man aber dank der dicken Mütze nicht sah. Sein hageres Gesicht mit dem leicht schiefen Mund erschien ihr plötzlich markant und nicht mehr linkisch.

„Gib das Wirtshaus auf. Hier herrscht schlechte Energie."

„Hast du mein Leben gerettet, um mir das zu sagen?"

„Du bist wirklich stur. Ich will dir nur helfen." Emil sah sie bekümmert an.

„Gut. Dann sag mir, wo Urban ist. Du musst ihn dort am Boden gesehen haben!"

„Fanny, ich verstehe wirklich, wie's dir mit dem Mist hier geht. Aber vielleicht bildest du dir das genauso ein wie die Nikolausstiefel", sagte Marlies sanft.

„Ich bilde mir nichts ein!", fauchte Fanny, den Tränen nahe.

Emil berührte sie sacht an der Schulter. Diese Berührung tat unglaublich gut.

„Wir sind auf deiner Seite, Fanny. Oder, Emil?"

Emil nickte. „Es ist zu viel passiert. Ich will weg. Mit der Katze."

Fannys Mund klappte auf, doch das Klingeln ihres Handys lenkte sie ab. Emil und Marlies den Rücken zukehrend, lauschte sie. Dann flüsterte sie ins Telefon. Als sie sich wieder Emil und Marlies zuwandte, waren ihre Wangen gerötet. Emils durchdringender Blick entging ihr nicht.

★ 13. DEZEMBER ★

RAUNACHT *TOD*

14

Hildes Gesichtsausdruck war skeptisch, aber sie hörte zu, wie Magnus Völkel gestenreich sprach. „Und Ihren wunderschönen Laden hier – den peppen wir so richtig auf. Vintage, French Style. Was glauben Sie, wie Ihr Geschäft dann blüht. Ich habe schon so viele derartige Projekte realisiert."

„Haben Sie dem Emil das auch alles so erzählt?"

„Wer ist Emil?"

„Na, Herr Ohrner, dem Sie sein Haus abgekauft haben."

„Ach so. Entschuldigen Sie mein schlechtes Namensgedächtnis. Ja, äh, das hat sich angeboten. Herr Ohrner war gleich sehr angetan." Völkel fixierte Hilde bei diesen Worten und ließ sein porzellanweißes Gebiss erstrahlen.

„Was, wenn ich auch verkaufen will? Zahlen Sie mir dann auch einen guten Preis, so wie dem Emil?"

„Aber, aber! Sie werden doch dieses wunderschöne Geschäft behalten wollen! Aber wenn Sie wirklich verkaufen wollen, können wir reden."

Die Glocke bimmelte und Marlies betrat den Laden. Beide sahen zu ihr hin, Völkel trat einen Schritt zurück.

„Ja, liebe Frau, äh, Kurz. Ich bin dann auch schon wieder dahin. Und danke für den ausgezeichneten Kaffee!"

„Wollte der wirklich nur einen Kaffee?", fragte Marlies, kaum dass Völkel aus dem Laden war.

„Klar. Was soll er sonst hier wollen." Hilde sah Marlies nicht an. „Brauchst du was?"

Marlies nickte und zog einen langen Einkaufszettel aus der Manteltasche.

„Oha, legst du dir Vorräte an?"

„Es soll ja mächtig schneien."

Wenig später stand Marlies in der Tür zu ihrer Küche in der neuen Wohnung und traute ihren Ohren nicht.

„Das ist jetzt ein schlechter Scherz, oder?", schnappte Fanny.

Am Küchentisch saßen sie und Constantin einander gegenüber. Beide sahen sehr angespannt aus.

„Mit solchen Dingen scherze ich nicht, Fanny. Ich gebe mir alle Mühe, die Sache so angenehm wie möglich für dich zu machen. Und das ist weiß Gott nicht leicht."

„Was ist denn los?" Marlies trat samt ihren Einkäufen in die Küche.

„Jetzt heißt's, ich hätt die Versicherung betrogen."

„Falsch. Es handelt sich zunächst nur um den Verdacht. Und Fanny hat erst kürzlich die Versicherungssumme erhöht, das hat sie eben eingeräumt."

Fanny barg ihr Gesicht in den Händen. Ihre Fingernägel waren abgekaut, die roten Locken fettig, Hildes Strickpullover hing wie ein Sack an ihr.

Marlies schaute Constantin an. Der hob bekümmert die Schultern, stand auf und gab ihr einen flüchtigen Kuss.

„Muss wieder ins Büro", murmelte er und schloss leise die Küchentür hinter sich.

„Ich muss den Urban finden", nuschelte Fanny dumpf in ihre verschränkten Arme. „Das wird er mir büßen."

„Ich helfe dir."

Fanny hob den Kopf. „Nein. Das mache ich allein."

„Aber wieso? Wir haben doch gesagt, wir halten zusammen."

In Fannys Gesicht arbeitete es. „Ich weiß. Ich melde mich, okay?"

Draußen setzte schwerer Schneefall ein.

Fanny hatte ein schlechtes Gewissen gegenüber Marlies. Doch als sie unerwartet Chris vor der Wirtshausruine im Schneegestöber erkannte, war es wie weggeblasen.

„Chris! Tut mir voll leid mit dem Wirtshaus und deinem verbrannten Zeug. Alles weg."

Chris schien zu stutzen, als er sie sah, dann erstrahlte sein Lächeln. „Ja, das sehe ich. Aber vielleicht hilft uns das sogar."

„Wie soll das helfen?"

„Komm her." Er zog sie dicht zu sich. Fannys Herz klopfte, nicht nur wegen des Marsches durch den Schnee. „Hier drunter ist der Erdstall. Wir können jetzt suchen, ohne dass wer kommt und fragt."

„Okay. Aber ohne Wirtshaus kein Gewinn."

„Schsch. Ich verrate dir ein Geheimnis." Chris' Augen glitzerten. „Hier liegt ein Goldschatz."

Fannys angeborenes Misstrauen schlug Alarm. „Bist du deswegen hierhergekommen?"

„Sag mal, was denkst du von mir? Wie du weißt, war ich ja oft zur Brotzeit hier. Daran musst du dich doch erinnern. Du hast mir immer zugelächelt. Ich habe mich aber nie getraut, dir das zu sagen. Dann meine Chance: der Forschungsauftrag zum Erdstall! Ich habe erst gestern von dem Nazischatz erfahren."

„Ich dachte, es ist ein Keltenschatz."

„Ach, du weißt auch vom Schatz?"

Die Tonlage von Chris' Stimme löste ein Kribbeln in Fannys Nacken aus und sie richtete sich unwillkürlich zu ihrer vollen Größe auf. „Entschuldige, du hast mich mit deinem Erdstall dazu gebracht, mich umzuhören. Und du warst plötzlich weg."

Chris grinste schon wieder. Die Lachfältchen um seine Augen tanzten. „Stimmt. Da haben wir wohl gleichzeitig vom Schatz erfahren."

„Und du glaubst, den gibt's wirklich?"

Inzwischen waren sie durch den tiefen Schnee um die Ruine herum zum Schuppen gestapft. Fanny war außer Atem, Chris hingegen schien die Anstrengung gar nichts auszumachen.

Er musterte den Schuppen voller Tatendrang.

„Mann, du bist wirklich fit!", lachte Fanny und nahm die Mütze ab, um sich zu kühlen.

„Hm, hab mich drinnen fit gehalten."

„Drinnen?"

„Drinnen ... im ... Fitnessstudio. Schau mal, ein Vorhängeschloss. Hast du den Schlüssel mit?"

„Oha. Das muss neu sein. Wahrscheinlich der Emil. Ich rufe ihn kurz an."

Chris fiel ihr in den Arm, als sie nach dem Handy greifen wollte. „Lass mal. Das kriege ich auf."

Mit beeindruckender Kraft trat er gegen die Schuppentür, dass das Holz splitterte und das Vorhängeschloss auf einer Seite herausgerissen wurde. Die Tür schwang auf. Chris machte einen Schritt in den Schuppen und erstarrte.

„Was ist?" Fanny schaute an ihm vorbei, direkt in die gebrochenen Augen von Urban Hafner, der nie mehr etwas sagen würde.

★ 15. DEZEMBER ★

RAUNACHT *TOD*

16

Marlies tigerte zwischen Küche und Wohnzimmer hin und her. Einerseits ärgerte sie sich über Fanny. Es war ausgemacht, gemeinsam nach Urban und diesem Schatz zu suchen, den es nach ihrer Meinung gar nicht gab. In ihren Augen sollte die gemeinsame Suche ihre nun gefestigte Freundschaft zementieren. Aber Fanny spielte wieder mal ihr psychologisches „Komm-her-zu-mir-geh-weg-von-mir". Auch Constantins Gefühle für sie waren deswegen erkaltet. Marlies schaute auf ihr Smartphone. Keine Nachricht, Anruf sowieso nicht. Seit fast zwei Stunden war sie weg.

Andererseits sorgte sie sich um Fanny. Es schneite heftig wie ewig nicht mehr. Wenn sie aus dem Küchenfenster schaute, konnte sie im dichten Flockenwirbel kaum die Dorfstraße erkennen. Ihr Smartphone plingte. Erwartungsvoll schaute Marlies sofort drauf und atmete enttäuscht aus. Eine Warnmeldung der Wetter-App. Schwerer Schneefall. Und die Gefahr von Whiteout. Sie las. Desorientierung, weil sämtliche Konturen verwischen. Marlies Hände wurden feucht. Unter solchen Bedingungen konnte man sich auch auf nur einen Kilometer Entfernung, wie bis zum Wirtshaus, komplett verlaufen.

„Mein Gott, Fanny", murmelte sie, „blöder geht's nicht."

Nervös stellte sie sich wieder ans Fenster und fixierte dessen obere Kante, an der die Schneeflocken herabzurauschen schienen. Binnen Sekunden fühlte sie sich, als ob sie in einem Aufzug nach oben schwebte. Als Kind hatte sie dieses Schneeflockenspiel geliebt. Für einen Moment vergaß sie ihren Ärger, bis es an der Tür schellte. Gleich darauf stand Emil in ihrem Flur und schüttelte Schnee von seinem Anorak.

„So ein Schneefall", begann Marlies mit Small Talk.

„Ich bin wegen Fanny hier", kam Emil direkt auf den Punkt und marschierte uneingeladen in ihre Küche. „Mann, hast du den Küchentisch voll. Kommen Gäste?"

„Nein. Fanny wollte mit mir gemeinsam nach dem Erdstall und dem angeblichen Schatz suchen. Wir wollten im Schuppen campieren. Aber jetzt ist sie blödsinnigerweise allein los."

„Typisch. Kein Wunder, dass sie immer Schwierigkeiten kriegt. Die dann andere für sie ausbaden."

Obwohl sie wusste, was Emil letztes Jahr um diese Zeit Furchtbares widerfahren war, konnte sie nicht an sich halten. „Und um mir das zu sagen, bist du extra durchs Schneetreiben zu mir gekommen?" Halb erwartete sie, dass Emil hochging. Doch er sah ihr nur direkt ins Gesicht, während sich um seine Schuhe eine kleine Pfütze bildete.

„Nein. Ich bin hier, weil der Urban wirklich weg ist. Ich glaube, das hängt mit Fannys komischem Verhalten zusammen."

„Sie soll mit dem Verschwinden von diesem Großmaul was zu tun haben?"

„Zusammenhängt, hab ich gesagt."

„Und was soll ich jetzt tun?"

„Du musst Constantin herbitten. Er muss uns helfen. Ich bin ziemlich sicher, dass da was mächtig faul ist."

„Der kümmert sich schon längst drum."

„Ah ja? Geht aber nix weiter. Ruf ihn bitte an."

Marlies zuckte die Schultern und tippte auf Anruf. „Oh! Ich hab gar kein Netz!"

Emil schnalzte ärgerlich mit der Zunge. „Verdammt, ich auch nicht. Los, wir müssen sie suchen!"

„Bei dem Schneesturm?"

RAUNACHT *TOD*

17

Das erste Mal seit Jahrzehnten hatte Hilde ihren Laden geschlossen. Alle außer Fannys ehemaliger Köchin Ruth schoben das aufs Wetter. Ruth aber machte sich Sorgen. Im Dorf waren Hintertüren generell unverschlossen. So betrat sie Hildes Haus und stieg zu deren Wohnung über dem Laden hinauf. Durch die Tür konnte man weihnachtliche Schlager hören. Ruth klopfte kräftig und erschrak, als Hilde direkt die Tür aufmachte.

„Alles in Ordnung bei dir?"

„Was sollte nicht in Ordnung sein?"

„Na ja, du hast den Laden zu."

„Brauchst du was?"

Ruth verneinte. „Ich hab mir halt Sorgen gemacht. Weil ich mich nicht erinnern kann, dass du jemals zugehabt hast."

„Komm rein. Ich mache mir gerade einen Tee. Und denke nach."

„Worüber denkst denn nach?"

„Übers Verkaufen."

„Du auch? Das wird ja zur Seuche hier. Auch an diesen Völkel?"

„Der Emil hat ja auch an ihn verkauft." Hilde hob die Hand, als Ruth was einwenden wollte. „Mich hat's vor einem Jahr fast genauso arg erwischt wie den Emil, ja?"

„Mein Mann hat den Völkel ein bisschen unter die Lupe

genommen. Der hat mehrere Verfahren gegen sich laufen. Von Leuten, die ihm ältere Anwesen zum Dumpingpreis verkauft haben. Weil er ihnen günstigen Baugrund in Spanien verspricht und nicht hält."

Hilde schenkte Ruth Tee ein. „Meinst du, der hat den Emil beschissen?"

Ruth zuckte die Achseln. „Gut möglich. Der will ja auch nach Spanien."

„Na ja, das muss jetzt nix heißen. Erst will ich jedenfalls dem Völkel sein Angebot hören."

Ruth nickte. „Du, was anderes. Hast du den Urban seit dem Abschiedsessen für den Emil gesehen?"

„Glaub schon. Er war bei mir und hat mir über die Fanny erzählt. Die hat wohl gar keine richtige Ausbildung. Kein Wunder, dass sie so viel Chaos schafft."

„Ach. Und wann hat er dir das erzählt?"

„Halt, warte mal. Das muss doch vor dem Essen gewesen sein. Er hat mich mit irgendeiner Bemerkung auf die Idee dafür gebracht. Genau, damit soll die Fanny sich bei allen entschuldigen, hat er gesagt."

„Also hast du ihn *nach* dem Essen nicht mehr gesehen?"

„Warum?"

„Er ist weg. Auch er wollte sein Haus dem Völkel verkaufen. Aus Angst vor Zwangsversteigerung."

„Vielleicht ist er schon in Spanien?"

„Glaub ich nicht. Schon wegen seinem Sohn."

„Meinst du, er hat sich was angetan?"

„Weiß nicht. Ich glaube eher, er war das mit dem Baum und dem Feuer. Aus Rache."

„Ich ruf den Kommissar an." Entschlossen griff Hilde nach dem Telefon. „Oha, die Leitung ist tot."

★ 17. DEZEMBER ★

RAUNACHT *TOD*

18

Gott sei Dank ist Marlies nicht dabei, dachte Fanny und löste den Blick von Urban Hafner. Aus ihren Gewissensbissen über den Alleingang wurden Dankbarkeit und ein bisschen Selbstgefälligkeit. Der Impuls, ohne Marlies aufzubrechen, war absolut richtig gewesen. Nicht auszudenken, wenn Marlies wieder so was Hässliches sehen müsste. Sie sollte ihr aber zumindest eine schnelle Nachricht schicken. *War besser, dass ich alleine los bin. Melde mich wieder,* oder so ähnlich. Und ein Emoticon, Umarmungssmiley vielleicht. Sie zog ihr Smartphone hervor.

„Hey, du machst doch jetzt kein Foto?"

„Nein, ich will Marlies nur eine Nachricht schreiben."

„Wozu?"

„Ich wollte eigentlich mit ihr gemeinsam los."

Chris stand das Misstrauen ins Gesicht geschrieben. „Das ist doch jetzt egal."

„Ja, aber Urban Hafner ist tot. Er war ihr Schwiegervater."

„Das erfährt sie früh genug." Chris zog sie zu sich heran. „Jetzt komm. Unsere Zukunft fängt gerade an." Er nahm ihr das Handy aus der Hand. „Hast eh keinen Empfang."

Fanny nahm ihr Handy wieder. „Oh, stimmt! Shit! Meinst du, im Dorf glauben sie, ich war's?"

„Die Menschen denken gern schlecht von anderen. Mach dir nix draus. Komm, lass uns weitersuchen."

Süßlicher Zigarillorauch stieg Fanny plötzlich in die Nase.

„Ja, da schau her. Eine Vollversammlung", schnarrte eine unbekannte Männerstimme hinter ihnen.

Chris erschrak genauso wie sie und fuhr gleichzeitig mit ihr herum. Da stand ein großer Mann in einem dunklen Mantel mit einer Schusswaffe, direkt auf sie gerichtet. Völkel, schoss es Fanny durch den Kopf, doch der Kerl war zu dünn.

„Du hier?", entfuhr es Chris.

„Da staunst du, was?"

„Wo ist dein Schatten?"

Der Dürre lachte, was wie Husten klang. „Musste ich leider entsorgen. So wie euch gleich."

Fanny ging neben Urban in die Knie und fühlte gar nichts. Nicht mal Angst.

„Du hast mich belauscht", zischte Chris und schlug blitzschnell dem Dürren die Waffe aus der Hand.

Ein Schuss löste sich. Sekundenlang war Fanny taub. Die beiden Männer warfen sich gemeinsam auf die Waffe. Chris war schneller und hielt den Dürren nun in Schach.

„Du hast ihn also umgelegt. So wie den da auf dem Boden."

„Der Opa hat sich selbst erledigt. Und jetzt sei vernünftig, Chris. Nach dem, was du erzählt hast, reicht's locker für zwei."

Chris' Blick huschte zwischen dem Dürren und Fanny hin und her. Fannys Mund wurde trocken, kalter Schweiß brach ihr aus.

„Genau. Für zwei." Mit einem bösen Lächeln hob Chris die Waffe, richtete sie auf den Dürren, mit dem Zeigefinger am Abzug.

„Nicht!", schrie Fanny.

RAUNACHT *TOD*

19

Unheimlich weiß, alles hier. Findest du nicht? Meinst du, uns erwischt ein Whiteout?" Marlies' Stimme zitterte, während sie neben Emil durch den Flockenwirbel stapfte.

„Schsch!", machte Emil und blieb stehen.

Auch Marlies lauschte angestrengt. Was hatte er gehört? Die Flocken wisperten in der Luft und knisterten, sobald sie auf der schon mehr als knietiefen Schneeschicht landeten. Sonst war es völlig still. Sie setzten sich auf Marlies' Nase und Wangen, wo sie augenblicklich schmolzen und eisige Stellen hinterließen. Auf Emils Mütze und den Schulten seines Anoraks hatte sich eine dünne Schneeschicht gebildet. Marlies schüttelte ihren bemützten Kopf und spürte Schnee an sich herabrieseln.

„Was schüttelst du den Kopf?" Emils Miene war finster.

„Ach nix. Was hast du denn gehört?"

„Ich glaube, da war ein Schuss."

„Quatsch. Wer schießt denn bei so einem Wetter?"

„Das kam vom Wirtshaus."

„Das kann von überall gekommen sein. Ich könnte ja nicht mal sagen, in welche Richtung wir hier laufen."

„Aber ich."

„Mensch, Emil." Marlies spürte Ärger aufsteigen. „Weil du Superman bist, schon klar. Ich will umkehren. Noch können wir unseren Spuren zurück folgen."

„Nein. Wir gehen zum Wirtshaus. Fanny suchen."

„Ich habe Angst. Komm, wir rufen die Polizei."

Emils Seitenblick zu ihr sprach Bände. „Kein Netz." Er fasste sich an das Ohr, von dem ein Stückchen fehlte. „Ich weiß schon, was ich tue. Ich bin nicht so blöd, wie ihr alle denkt."

Dazu fiel Marlies nichts ein, weil ihn das gesamte Dorf, sie eingeschlossen, für einen Spinner hielt.

„Bitte, Emil. Kehren wir um! Wir haben gar nix dabei. Kein Wasser. Kein Essen."

„Es ist nur ein Kilometer zum Wirtshaus."

„Wir wissen doch nicht mal, ob wir in die richtige Richtung laufen, Mann!"

„Doch, wir laufen richtig."

„Ach ja?"

„Vertrau mir." Emil war stehen geblieben und schaute sie herausfordernd an.

„Mensch, Emil, jetzt ist wirklich nicht die Zeit für solche Spielchen!"

„Das ist kein Spiel! Ich werde Fanny noch einmal helfen!"

„Na, viel Glück dann!" Zornig wandte sich Marlies um und stapfte den immer stärker verschneiten Spuren folgend zurück. Als sie sich dann doch umwandte, war Emil im Schneegestöber verschwunden. Ein Kloß setzte sich in ihren Hals. Sie fluchte leise vor sich hin und checkte alle paar Meter ihr Handy, bekam aber kein Netz. Sie musste Constantin erreichen. Mit höllischer Geschwindigkeit deckte der Neuschnee ihre Spuren zu. Als sie endlich die ersten Häuser erreichte, musste sie sich an ihnen orientieren, um den richtigen Weg zu finden. Eine Nachricht vibrierte auf ihrem Smartphone. Es war Constantin. Er schrieb:

KANN NICHT KOMMEN, STRASSEN UNPASSIERBAR.
ICH LIEBE DICH.

RAUNACHT *TOD*

20

Bist du wahnsinnig?" Fannys Stimme überschlug sich.

„Das war Notwehr!"

„Er hat doch nix gemacht!"

„Ach nein? Sei froh, dass ich uns verteidigt habe! Sonst lägen wir jetzt neben dem da!"

Fanny bebte am ganzen Leib. Auch Chris' Hand mit der Schusswaffe zitterte. Blitzschnell drückte er ihr diese in die Hand. Fanny sprang zurück und ließ sie fallen. Wieder krachte ein Schuss. Die Kugel schlug in Urbans Körper ein. Fanny barg ihr Gesicht in den Händen und heulte los.

„Hey." Chris schüttelte sie mit beiden Händen an den Schultern. „Beruhig dich. Der ist schon tot." Er zog sie an sich. Fanny lehnte sich an seine Brust, für einen Augenblick.

„Und jetzt?" Sie wischte sich die Tränen aus den Augen. „Wir müssen die Polizei rufen."

„Später. Wir brauchen erst mal einen kühlen Kopf und müssen das Gold finden. Dann fangen wir neu an. Du und ich."

Fanny sah in Chris' schönes Gesicht. Sorgenfalte zwischen den Brauen, intensiver Blick aus tiefblauen Augen, Lippen leicht geöffnet. Sein Atem strich ihr ins Gesicht.

„Wo vermutest du das Gold? Unterm Wirtshaus? Hier im Schuppen?"

„Chris, ich kann das nicht mit den zwei Toten hier."

„Solltest du aber", schnarrte die Zigarillostimme.

Aus dem Nichts traf Chris von hinten eine Latte an den Kopf, so dass er hinfiel und bewusstlos liegen blieb.

Fanny hechtete nach der Waffe, aber der Dürre war schneller. „So, schön brav tun, was ich dir sage, dann geschieht nichts. Such den Erdstollen. Hopp, hopp!"

Fanny gehorchte und wurde ruhiger. Sie erinnerte sich an eine Schalungsplatte, die sie hier gesehen hatte.

„Ich brauche eine Taschenlampe!", erklärte sie, während sie ihr Handy aus der Tasche zog.

„Eine falsche Bewegung, du weißt ..."

„Ich kann auch dein Handy nehmen."

„Such!"

Nach wenigen Minuten hatte sie die Schaltafel lokalisiert.

„Du musst mir helfen. Allein ..."

„Suchen, nicht labern."

Fanny riss sich die Handfläche an einem Nagel auf und fluchte. Der Dürre lachte.

„Fluchen kannst du wirklich, Schätzchen."

„Woher kennst du Chris?"

„Gemeinsamer Urlaub auf Staatskosten, wenn du weißt, was ich meine."

Fanny verstand und schnaubte. „Chris im Knast? Warum das?"

„Arbeiten, nicht schnattern. Mach schon, hopp, hopp!"

Nach einem bösen Seitenblick auf den Dürren bekam Fanny die Holzplatte endlich hoch. Darunter kam ein etwa schulterbreites Loch zum Vorschein. Der Dürre rupfte ihr das Handy aus der Hand und leuchtete hinein, die Schusswaffe weiter auf sie gerichtet. Etwa zwei Meter ging es senkrecht nach unten. Von dort schien es waagrecht weiterzugehen.

„Rein mit dir!"

„Vergiss es!" Fanny bekam am ganzen Körper Gänsehaut.

„REIN DA!"

Ehe sie nochmals widersprechen konnte, hatte der Dürre sie geschubst. Mit einem Schrei fiel sie ins Loch. Ihr Handy klingelte in der Hand des Dürren.

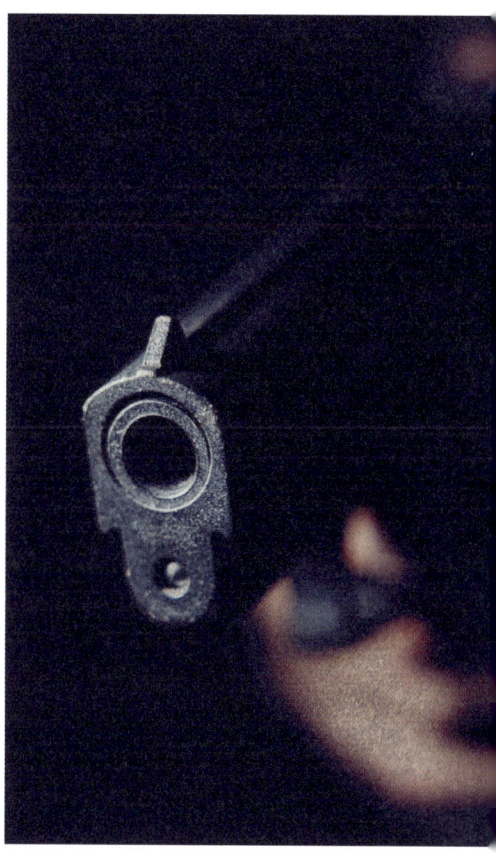

Endlich wieder Netz. Emil überraschte, wie schnell Fanny seinen Anruf annahm, doch am anderen Ende der Leitung blieb es still. Seinem Instinkt folgend, sagte auch er nichts. Er hörte Atemgeräusche von jemandem, der lauschte. Unmöglich zu sagen, ob das Fanny war oder jemand, der ihr Handy hatte. Vermutlich hörte ihn auch die Person am anderen Ende atmen.

„Fanny? Hallo? Kannst du mich hören?"

Keine Antwort, nur Atmen. Seltsam. Etwas stimmte da nicht.

„Fanny, kannst du mich hören? Hallo? Verdammtes Handynetz … Es ist wichtig! Hörst du? Die Katze nehme ich mit. Verstanden? Meins!"

Emil lauschte. Keine Reaktion. Und dann war auch das Atemgeräusch weg, die Leitung war tot. Schweiß perlte ihm trotz Kälte und Wind das Rückgrat hinunter. Er steckte das Handy in die Hosentasche. Sicher war Chris am anderen Ende gewesen. Dem traute er nichts Gutes zu. Er starrte in das dämmrige Weiß des dichten Schneefalls. Mit Chris würde er sich nicht anlegen. Kurz erwog er einen Notruf, doch das dauerte zu lange. Er hatte eine andere Idee und schickte Marlies eine Sprachnachricht.

„Fanny muss beim Wirtshaus sein. Mit diesem Chris. Ich glaube, die haben den Gang gefunden. Du musst Verstärkung holen! Dann ruf mich an!"

Entschlossen stapfte er los, dem Richtungssignal seines GPS-Geräts folgend. Die hereinbrechende Dunkelheit und der Schneefall machten ihm keine Angst. Auf GPS war Verlass.

***

Fanny hörte das Ratschen eines Streichholzes, das gleich darauf zu ihr hinuntergesegelt kam und die blanken Erdwände des Stollens beleuchtete, ehe es erlosch.

„Hey, du da unten!", schnarrte der Dürre, der jetzt sicher sein Vanillezigarillo schmauchte. „Wer ist Emil? Und was soll das mit der Katze?"

Emil! Erleichterung durchflutete Fanny. Er war auf der Suche nach ihr!

„Was? Ich versteh dich nicht. Noch mal bitte!"

Der Dürre knurrte was, dann wiederholte er seine Frage. Fanny dachte scharf nach. Emil hatte ihre Notlage erkannt. Aber wie sollte er gegen diesen kaltblütigen Mörder da oben eine Chance haben? Eine Idee schoss Fanny in den Kopf.

„Emil ist mein Geschäftspartner. Und Katze ein Codewort."

„Wofür?"

„Gib mir mein Handy, dann sag ich's dir!"

Schnarrendes Gelächter. „Du hältst mich wohl für blöd? Also, wofür?"

„Komm runter zu mir, wenn du dich traust, dann zeig ich's dir!", rief sie hinauf und hoffte inständig, dass er sich nicht trauen würde. Sie wollte ihn um jeden Preis von Emil ablenken. Von oben kamen Geräusche, die sie nicht deuten konnte. Erdreich rieselte zu ihr herab, gefolgt von einer fallenden, langen Gestalt. Fanny schob sich panisch in den waagrecht abzweigenden Gang. Alles war so eng, dass sie gestützt auf Knie und Ellbogen hektisch davonrobbte. Sie hörte ein Paar Füße landen.

RAUNACHT *TOD*

22

Chris kam zu sich und musste sich übergeben. Auf allen vieren kauernd wartete er darauf, dass seine Sinne zurückkehrten. Er registrierte, dass er wohl allein war. Vorsichtig erhob er sich und betastete seinen Hinterkopf. Eine faustgroße Beule prangte dort. Es war dunkel im Schuppen, doch zum Glück hatte er sein Handy. Mithilfe von dessen Taschenlampe sah er sich um. Urban Hafner lag immer noch an derselben Stelle. Aber vom Dürren oder von Fanny keine Spur. Machten die beiden gemeinsame Sache? Er verwarf den Gedanken, denn er hatte Fanny natürlich für sich gewonnen. Wie alle Frauen in seinem Leben. Ärger stieg in ihm auf. Diesmal wäre es leichtes Spiel gewesen. Fanny hätte ihn zum Geschäftspartner und wahrscheinlich mehr gemacht, und dann wäre er mit sämtlichem Geld verschwunden. Kein Drama, keine Anzeige. Eine wie Fanny war zu stolz, um eine Schmach zuzugeben. Den Typ Frau mochte er. Wenn ihm der verdammte Dürre bloß nicht in die Quere gekommen wäre. Aber wo waren sie? Er suchte weiter und entdeckte ein etwa fünfzig Zentimeter breites Loch im Boden und leuchtete hinunter.

„Der Erdstall", murmelte er und bekam einen trockenen Mund.

Er ging auf die Knie und spähte hinunter, als er etwas hörte. Moment mal, die beiden waren da unten! Er richtete sich auf und dachte nach. Dann hatte er einen Plan. Jetzt, da er wusste, wo sich sein künftiger Reichtum befand, konnte er ihn auch später holen. Erst mal wollte er dafür sorgen, dass die beiden für immer da unten blieben. Er sah sich im Schuppen um und entdeckte einige Säcke Zement. Er wusste, dass Erdställe gewundene, schlauchartige Gangsysteme, zumeist ohne Ausgang, waren. Einmal zugeschüttet, erstickte alles, was da unten war. Er fand auch eine Schaufel. Zufrieden schleppte er die beiden Säcke Zement zum Erdstall.

***

Fanny robbte auf Ellbogen und Knien, so schnell sie konnte. Alles war stockdunkel. Immer wieder atmete sie Staub mit ein und musste husten. Außerdem knirschte das Zeug zwischen ihren Zähnen und trocknete den Mund aus. Plötzlich griff sie ins Leere. Der Stollen ging senkrecht nach unten. Ein Stück hinter sich hörte sie den Dürren. Unter größter Mühe drehte sie sich in der Enge. Der Dürre kam rasch heran. Sie stieß sich ab und fiel, Füße voran, gefühlt unendlich tief. *Die Landung war hart und verknackste ihr den Knöchel.* Schmerz schoss ihr bis in die Haarspitzen. Trotz Eiseskälte brach ihr der Schweiß aus. Ihr Atem ging immer schwerer. Ihr Herzschlag dröhnte. Wo ging es weiter? Der Stollen war gerade breit genug, dass sie sich hinhocken und mit den Händen nach weiteren Öffnungen suchen konnte. Ihr Knöchel tobte. Sie musste weg hier. Wenn ihr der Dürre auf den Kopf fiel, brach er ihr das Genick. Auf Hüfthöhe ertastete sie einen weiteren Gang. Mit letzter Kraft schaffte sie es mit Kopf und Armen voraus in den neuen Gang. Mühsam schob sie sich vorwärts, bis sie mit dem Gesicht an eine Erdwand stieß. Sie tastete und tastete, doch es ging nirgends weiter. Panik übermannte sie. Sie hyperventilierte und verlor das Bewusstsein.

★ 22. DEZEMBER ★

RAUNACHT *TOD*

23

Unermüdlich kämpfte Emil sich durchs Schneegestöber und folgte dabei der Anzeige seines GPS-Geräts. Immer wieder hielt er inne, um zu lauschen. Er hörte nur das Rieseln der Schneeflocken, als ob winzige Elfenflügel aneinanderschlugen. Fast hätte Emil über sich gelacht. Obwohl er immer noch abergläubisch war und es wohl auch bleiben würde – an Elfen glaubte er dann doch nicht.

In dieses zarte Geräusch mischte sich ein anderes. Ein raues Keuchen. Emil schaute auf sein GPS-Gerät. Nur noch wenige Meter bis zur Wirtshausruine mit dem Schuppen. Das Keuchen war rhythmisch, dazu ein metallenes Schaben. Als ob jemand etwas schaufelte. Schnell wusste er, in welche Richtung er gehen musste, um zur Geräuschquelle zu gelangen. Das Keuchen kam aus dem Schuppen.

Als Emil die Tür mit dem herausgerissenen Schloss lautlos öffnete, sah er Chris im Schein einer Handytaschenlampe ein staubiges Pulver in ein Loch im Boden schaufeln. Mit einem Blick erfasste er die Situation. Wenn dieser Mensch da den Erdstall zuschüttete, konnte das nur heißen, dass Fanny dort unten festsaß. Emil stand totenstill und reglos, während Chris sich ächzend weiter mühte. Emils Blick fiel auf den Boden. Er schluckte erschrocken. Da lag Urban Hafner. Seine toten Augen starrten ins Nichts. Dieser Blick brachte Emil auf die Idee, wie er Chris den Garaus machen würde.

***

Chris' Schädel hämmerte. Die Beule schien ins Unendliche weiter anzuschwellen und schlecht wurde ihm auch wieder. Aber das Gefühl, den ultimativen Sieg errungen zu haben, spornte ihn an. Er schaufelte immer weiter. Unglaublich, wie viel Zement in einem solchen Sack war. Doch er war die Frau jetzt endlich los. Und den Widersacher aus dem Knast dazu.

Er brauchte nur noch abzuwarten, bis die da unten tot wären. Zwar müsste der verdammte Zement dann wieder heraus, aber er könnte hinuntersteigen und sein Vermögen bergen. Bis die Toten da unten gefunden würden, wäre er längst über alle Berge.

Er rackerte mit dröhnendem Kopf. Verdammte Beule! Geschah dem Dürren recht, dass der grad da unten erstickte! Der Staub und die Vorfreude auf ein Millionärsleben ließen Chris taumeln, aber er gab nicht auf.

Hatte er anfangs noch leichte Zweifel gehabt, ob da wirklich was in dem Erdstall versteckt wäre, so waren diese weggeblasen. Denn warum wäre Fanny sonst da runtergestiegen und der Dürre ihr hinterher? Und jetzt war das alles seins.

Da hörte er kurzes, heftiges Stöhnen und fuhr herum. Sein Schreckensschrei zerriss die staubige Luft. Der tote Urban Hafner stand schwankend vor ihm. Unwillkürlich machte Chris einen Schritt zurück und fiel in den Erdstall hinunter.

★ 23. DEZEMBER ★

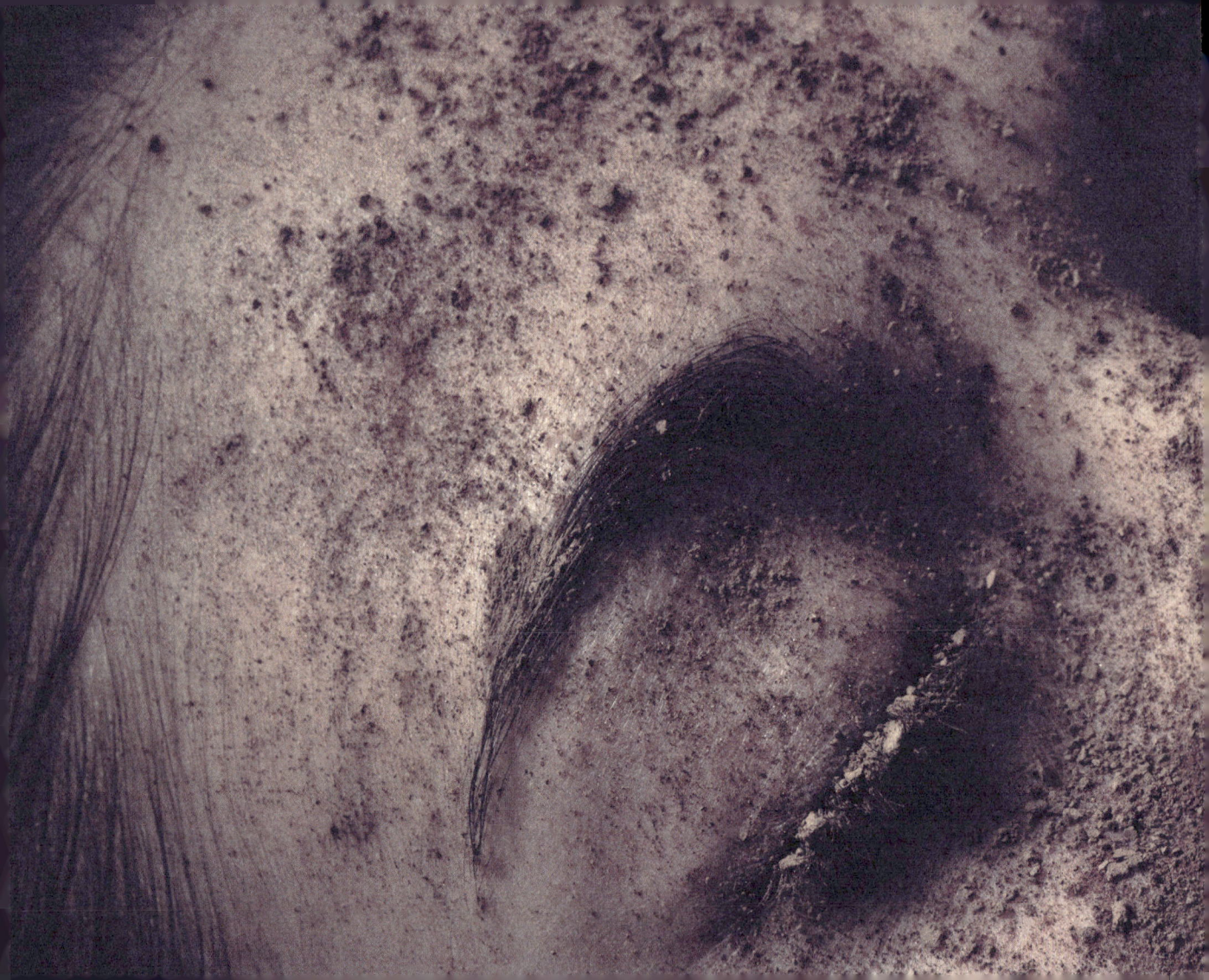

RAUNACHT *TOD*

24

Fanny schlug die Augen auf. Gleißendes Licht tat ihr weh.

„Ah, sie kommt zu sich. Hallo! Können Sie mich hören?"

Eine fremde Stimme. Fanny blieb reglos. Ein leichtes Rütteln an ihrer Schulter folgte und sie hörte eine bekannte Stimme.

„Fanny! Schau mich an! Bitte!"

„Emil", murmelte sie und öffnete die Augen einen Spalt. Sein Gesicht war ganz nah. Erleichterung durchflutete sie.

***

Zwei Tage später saß sie mit Gipsfuß an Hildes Küchentisch, vor sich eine Tasse dampfenden Kaffee und einen Teller mit Semmel, Breze und Quarktasche. Hungrig griff sie nach der Breze. Mit ihr am Tisch saßen Hilde, Marlies, Emil und Constantin.

„Bist ja wieder lebendig", brummte Hilde.

„Als die Feuerwehr dich aus dem Stollen gezogen hat, haben wir alle gedacht, du bist tot." Marlies schluckte.

Constantin, wie immer elegant, legte kurz seine Hand auf ihre. Nur Emil bewegte sich nicht und blickte Fanny ernst ins Gesicht. Da legte Fanny ihre Breze zurück auf den Teller und streckte die Hand nach Emil aus. Nun arbeitete es in dessen Gesicht.

„Danke, Emil, danke für alles."

Emil nickte nur und senkte den Blick auf seinen Teller.

„Ohne Emil wärst du vermutlich tot", erklärte Constantin ernst.

Fanny liefen plötzlich Tränen übers Gesicht. „Wo ist Chris?"

Emils Hand krampfte sich um seine Kaffeetasse.

„Der Saukerl hat mich nur ausgenutzt!", stieß sie hervor. „Wo ist er jetzt?"

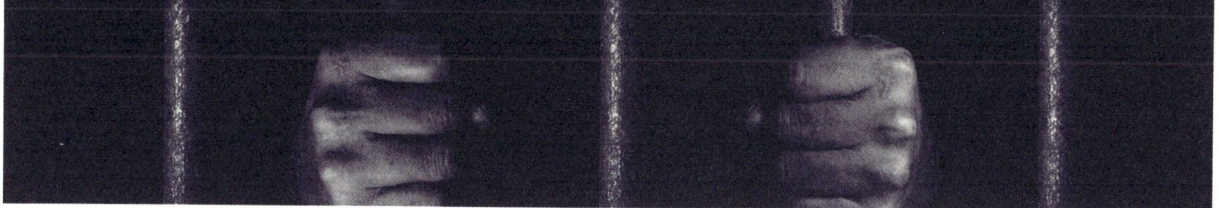

„Im Krankenhaus." Constantins Mund war ein schmaler Strich. „Und dann geht er wieder in Haft. Diesmal nicht als Heiratsschwindler, sondern wegen Totschlags."

„Und der Dürre?"

„Im Gefängniskrankenhaus. Ein Mörder auf Hafturlaub, unglaublich."

„Urban Hafner ist tot. Aber ich war das nicht."

„Der hat dir das Leben gerettet, Fanny", erklärte Marlies mit einer Grimasse.

„Genau", sagte Emil, „ich habe ihn hochgehoben und aufrecht hingestellt, sodass Chris vor Schreck selbst in den Erdstall gefallen ist. Den hatte er mit Zement schon ziemlich vollgeschaufelt, damit ihr da unten erstickt. Na ja, und dann habe ich den Notruf abgesetzt."

Fanny rang nach Worten. Dann bugsierte sie ihren Stuhl neben Emils und setzte sich. Sie umarmte ihn. Diesmal erschien ein kleines Lächeln auf seinem Gesicht.

Marlies, Hilde und Constantin tauschten einen Blick. Da klingelte Constantins Handy. Er lauschte mit ernster Miene.

„Gut", sagte er. „Veranlasst die Bergung und sichert die Spuren." Er legte auf. „Im Wald wurde ein weiterer Toter gefunden. Der Dürre und der Tote waren Komplizen. Offenbar haben sie noch in der Haft mitbekommen, dass der schöne Chris im Erdstall einen Goldschatz vermutete und heben wollte. So ein Narr. Geldgier macht blind und blöd."

Einen Moment lang schwiegen alle. Dann wandte Fanny sich an Emil.

„Wann geht's nach Spanien?"

„Der Deal ist geplatzt", antwortete Hilde statt seiner. „Der Völkel ist wegen Betrügereien angezeigt und abgehauen."

Fanny strahlte nun. „Vielleicht wird das Wirtshaus ja doch ein Phönix aus der Asche."

★ 24. DEZEMBER ★

© 2024 arsEdition GmbH, Friedrichstr. 9, D-80801 München

Text: Marion Solowski

Bildnachweis
Covermotiv: Fadi922 / Shutterstock.com, Martin Ferriz / Shutterstock.com
Innenteil: Mia Stendal / Shutterstock.com, rangizzz / Shutterstock.com, mr2853 / Shutterstock.com,
Sebastian Steude / Shutterstock.com, Ania Lyons / Shutterstock.com, rzoze19 / Shutterstock.com,
Lotus_studio / Shutterstock.com, Thanarut Wat / Shutterstock.com, Anna Kraynova / Shutterstock.com
Mila Muzyka / Shutterstock.com;
Getty Images: Denis Torkhov, greg801, Toshihide Gotoh, DjoleRad, Darren Robb, Gorodenkoff, samotrebizan,
volschenkh, quickshooting, chas53, Robin Beckham, SeventyFour, Mimadeo, rootstocks, Rena Lolivier,
Hemera Technologies, Reinhard Krull, DarthArt, NetPix, jayfish, Natalya Vilman, nieudacza, alzay, soniaau,
gorodenkoff, sandsun, Olena Malik, stocksnapper, urzine, Sam Bloomberg-Rissman, Snowdrop,
Daniel Balakov, olegkalina, bizoo_n, Alena Iagupa, Ryan McVay, RHJ, riccardo bianchi, chaiyapruek2520,
Gergo Kazsimer

Covergestaltung: Grafisches Atelier, arsEdition GmbH
Gestaltung Innenteil: Jutta Gerber

ISBN 978-3-8458-5731-2
www.arsedition.de